LAUREN BLAKELY

Alta
TENSÃO

TRADUÇÃO
CARLOS SZLAK

FARO
Editorial

COPYRIGHT © 2017. HARD WOOD BY LAUREN BLAKELY.
PUBLISHED BY ARRANGEMENT WITH BOOKCASE LITERARY AGENCY AND
WOLFSON LITERARY AGENCY.
COPYRIGHT © FARO EDITORIAL, 2020

Todos os direitos reservados.

Nenhuma parte deste livro pode ser reproduzida sob quaisquer meios existentes sem autorização por escrito do editor.

Diretor editorial **PEDRO ALMEIDA**
Coordenação editorial **CARLA SACRATO**
Preparação **TUCA FARIA**
Revisão **VALQUÍRIA DELLA POZZA**
Capa e diagramação **OSMANE GARCIA FILHO**
Imagem de capa **ARTOFPHOTOS | SHUTTERSTOCK**

Dados Internacionais de Catalogação na Publicação (CIP)
Angélica Ilacqua CRB-8/7057

Blakely, Lauren
    Alta tensão / Lauren Blakely ; tradução de Carlos Szlak. — São Paulo : Faro Editorial, 2020.
    176 p.

    ISBN 978-85-9581-107-2
    Título original: Hard Wood

    1. Ficção norte-americana I. Título II. Szlak, Carlos

20-1047   CDD-813.6

Índice para catálogo sistemático:
1. Ficção norte-americana 813.6

1ª edição brasileira: 2020
Direitos de edição em língua portuguesa, para o Brasil, adquiridos por FARO EDITORIAL

Avenida Andrômeda, 885 – Sala 310
Alphaville – Barueri – SP – Brasil
CEP: 06473-000 – Tel.: +55 11 4208-0868
www.faroeditorial.com.br

Alta
TENSÃO

PRÓLOGO

ATÉ AGORA, A MAIORIA DAS MULHERES ENCONTROU CERCA DE meia dúzia de tipos básicos de homem no mundo.

Só para ter certeza, porém, vamos examinar a escalação.

Primeiro, há o playboy arrogante, que jura solenemente que jamais se casará. Próximo a ele no desfile masculino atual há o cara rude, mas sentimental sob o exterior paspalhão que exibe ao mundo junto com a sua barba e o seu gorro de malha. Ao seu lado, temos o homem de negócios cauteloso, que abriga segredos profundos e sombrios que só uma mulher pode desvendar. Temos outros papéis no elenco principal masculino: o homem ao estilo lenhador sexy, o garotão *hipster*, o nerd gostosão e o *bad boy* com coração de ouro.

Acredite em mim quando digo que as mulheres do mundo ouviram todas as histórias deles.

Sei disso porque ouvi as histórias contadas tanto pelos caras como pelas garotas. Quando você tira as pessoas da zona de conforto e as leva para o mato, elas tendem a revelar tudo para você, incluindo todos os detalhes sórdidos. Sinceramente, me surpreende que homens e mulheres, mulheres e mulheres e homens e homens se juntem. Há muita bagagem envolvida. É como um maldito vírus.

E no meu caso?

Sou um sujeito simples. Viajo com pouca bagagem. Pego leve e não sou um mala. Apanho a minha mochila e estou pronto para ir.

Tenho muitas habilidades. Com uma pilha acendo uma fogueira. Com um telefone antigo faço uma bússola. Sou um sujeito que sabe como se livrar de encrencas. Consigo consertar um pneu, reparar uma pia, limpar um peixe, arrombar uma fechadura e sobreviver a um ataque de urso. Já passei por coisas desse tipo, fiz tudo isso e tenho as medalhas de mérito para provar.

Não vou mentir. As mulheres tendem a gostar de um homem que faz tudo sem reclamar. Por isso tive uma boa dose de sorte com elas. Mas não estou mais procurando apenas ter sorte.

Estou pronto para muito mais.

Acredito que isso faz de mim o bom rapaz dotado de todas as habilidades quando estamos falando sobre tipos. Sou o unicórnio, e não me refiro apenas ao tamanho do meu chifre, se é que vocês me entendem.

Sou o cara em forma, que é bem-sucedido, que não é um mala e — vejam só — que está pronto para sossegar o facho.

Apenas me chamem de trevo de quatro folhas.

A questão é que a mulher que quero está fora de alcance. Ela é irmã do meu amigo. Mas não se preocupem. A encrenca não é essa. Max é um cara legal e não vê com maus olhos o fato de eu estar loucamente apaixonado pela sua irmãzinha.

O problema é completamente outro, e tenho uma semana para solucioná-lo. E, para isso, todos os meus truques terão que entrar em jogo.

Vamos nessa!

1

OS SERES HUMANOS TENDEM A PENSAR DEMAIS EM TODO tipo de coisa, mas muitos dos nossos dilemas são bem básicos. Você sai para jantar em um novo restaurante italiano ou fica em casa e prepara um sanduíche de peru? Lava a roupa para usar uma camisa limpa ou cheira o cesto atrás de uma camisa suja, mas ainda usável? Arruma um tempo para correr 5 quilômetros ou assiste a mais um episódio de série?

Para que fique registrado, as respostas são: jantar em restaurante italiano, lavar com água quente e calçar tênis de corrida.

Adoto a mesma abordagem direta para a pergunta explícita feita para mim por Camilla Montes, âncora do noticiário da manhã do canal 10.

— Patrick, como nosso público pode saber se o bichano quer dar uma caminhada? — ela pergunta com aquela voz de repórter que combina com o seu cabelo preto penteado à perfeição.

— Para descobrir se o seu gatinho está pronto para ser um aventureiro, há um teste simples e decisivo que qualquer dono de felino pode fazer — respondo.

Sentado no sofá de frente para Camilla, passo a mão nas costas de Zeus, que arqueia o corpo e ronrona.

— Gosto de chamá-lo de teste do arrastão.

— Interessante. Conte-nos mais a respeito — ela pede, curiosa.

— Ou o gato permite de bom grado que você coloque uma coleira em volta do pescoço dele ou, então, ele fica paralisado. Daí, você acaba tendo que arrastar o traseiro dele pelo chão. — Faço uma mímica, simulando puxar um gato relutante pela coleira.

— Isso esclarece bem o que você quis dizer. — Camilla dá um sorriso e em seguida aponta para mim um dedo com a unha pintada. — Mas como soube que devia tentar com Zeus? Você simplesmente queria um companheiro de caminhada famoso ou ele insistiu nisso?

— Eu ouvi o gato. — Me inclino para a frente, pousando a mão no joelho, onde a minha bermuda termina, já que a emissora gosta que eu use um modelito de turismo de aventura no meu quadro *Dicas e truques para aproveitar atividades ao ar livre*. — O comportamento de Zeus me disse que ele talvez estivesse disposto. Por exemplo, certa vez, saí do meu apartamento para ir até a lixeira e Zeus me seguiu, ficando ao meu lado o tempo todo. — Ponho a mão em concha no canto da boca e finjo cochichar: — E acho que não foi só porque havia um resto de salmão no lixo.

Camilla ri.

— Salmão à parte, Zeus costumava demonstrar bastante curiosidade. Então, decidi colocar uma coleira no seu pescoço e levá-lo para dar uma volta.

— E agora ele se tornou o Gato das Caminhadas. — Camilla gesticula em direção ao meu gato peludo, que está descansando ao meu lado, com as patas brancas dobradas na frente do peito e uma expressão de satisfação. Juro que Zeus é um ator. Ele nasceu para as câmeras. — Pode mostrar para o nosso público como um gato que gosta de fazer caminhadas se comporta com uma coleira no pescoço?

— Achei que você nunca faria essa pergunta. — Fico de pé, apanho a guia e a coleira no sofá e dou um tapinha na minha perna.

Zeus se alonga, esgueira-se para a lateral do sofá e olha para mim.

— Quer dar um passeio?

Seu rabo balança de um lado para o outro.

Veja, não estou dizendo que Zeus entende inglês. Afinal, ele é um gato, e não algum tipo de cachorro adestrado. Mas Zeus sabe o que fazer, e a guia está pendurada na minha mão. Assim, estica o pescoço, quase num convite para que eu coloque nele a coleira vermelha. Deslizo-a pela cabeça e prendo a guia na coleira. Zeus desfila por alguns metros.

O sorriso de Camilla é tão luminoso quanto a luz dos refletores do estúdio.

— Aí está.

— Você gostaria de andar com ele, Camilla?

A boca pintada de vermelho da apresentadora se abre em um sorriso largo.

— Adoraria caminhar com esse superastro da internet.

Encosto o indicador nos meus lábios.

— Psiu... Não deixemos que o sucesso suba à cabeça dele.

— Se ele soubesse quanto é popular... — Camilla pega a guia e caminha com Zeus pelo estúdio. — Trouxemos algo para simular uma trilha.

Camilla conduz o meu gato até algumas pedras criadas pelos cenógrafos para aquela demonstração. Enquanto isso, a emissora exibe um vídeo da internet gravado por mim que mostra Zeus escalando uma colina em uma trilha próxima. Quando a apresentadora e o gato alcançam as pedras falsas, a transmissão volta para Camilla, caminhando de salto alto, enquanto Zeus sobe correndo pelas pedras e depois desce pelo outro lado. Nota mental: arrumar algum trabalho publicitário para esse gato.

Por enquanto, não tenho pressa. A minha empresa está prosperando, a minha família é saudável e feliz e os meus amigos estão sossegando o facho. Só há uma coisa que desejo... Bem, não é uma coisa. Tem sim a ver com uma *pessoa*, que é adorável e cativante, e com a qual entrei em sintonia.

Agora, porém, não é hora de me concentrar nisso.

Camilla volta para a sua cadeira azul, e eu me acomodo no sofá novamente, ao lado do meu fiel companheiro. Passo os próximos 45 segundos analisando questões de segurança para aqueles que passeiam com os seus gatos em trilhas. Afinal, caminhar com um felino não é para os de coração fraco. Os donos de cachorros não têm ideia de como é fácil para eles. Caminhar com um felino é outra história, completamente diferente, mas que vale muito a pena pelas fotos. Estamos falando de uma mina de ouro inesperada. Quando Evie, minha irmã, deixou esse gato na minha porta e me implorou para lhe dar um lar, não tinha ideia do que ele se tornaria: primeiro, um companheiro muito legal; segundo, o melhor marketing de todos os tempos para a minha empresa de turismo de aventura.

Quando o quadro termina, Camilla me agradece e chama um intervalo comercial.

— Te vejo de novo na semana que vem, Patrick. Acho que poderíamos fazer uma demonstração de primeiros socorros no meio da mata.

— Com certeza.

— E sabe o que estou morrendo de vontade que você apresente para nós?

— Faço o que você quiser — digo, mantendo o clima descontraído.

— E se fizéssemos uma apresentação de como acampar em grande estilo?

Dou uma risadinha e coço a minha barba.

— Posso fazer isso, Camilla, e, se você quiser, também posso mostrar agora mesmo um truque simples para acampar em grande estilo.

Os olhos castanho-escuros de Camilla brilham de prazer.

— Por favor, faça.

— O seu celular está com você?

— É claro. Está no modo silencioso, mas nunca fico longe do meu companheiro mais fiel — ela afirma, tirando-o do bolso da saia, desbloqueando-o e entregando-o para mim.

Digito algumas palavras na barra de pesquisa, e o resultado de que preciso aparece rapidamente. Devolvo o aparelho para Camilla.

— É para quem você deve ligar.

A reação dela não tem preço: o sorriso vai se ampliando à medida que o nome e o número do telefone de um hotel 5 estrelas aparecem na tela.

— É a mais pura verdade. Não sou mesmo uma garota amante da natureza. Mas eu adoro o seu quadro. Assim como Taylor, minha nova assistente — ela diz, baixando a voz e olhando para uma loira muito animada, que está esperando para me acompanhar.

Então, como gosto do carinha peludo e não quero torturá-lo — e passear com um gato nas calçadas de Manhattan é uma forma única e terrível de tortura —, coloco Zeus na minha mochila deixando a cabecinha dele do lado de fora, deslizo as correias para fechá-la e saio do estúdio.

— Fiz *s'mores* alguns dias atrás — Taylor comenta, esboçando um grande sorriso e me encarando com os seus brilhantes olhos azuis. — Ficaram *tão* bons...

Ao proferir arrastadamente *tão*, a palavra aparentou ter oito sílabas, e, de todas elas, escorreram insinuações.

— Que ótimo — digo por dizer, já que não estou interessado em acalentar nenhuma sílaba ou insinuação com alguém que mal passou da puberdade.

— Você gosta de *s'mores*, Patrick?

— Duas bolachas crocantes recheadas com chocolate e marshmallow assado na brasa? Como não gostar?!

— Mas eu queria saber se você não tinha alguma dica de como prepará-los. Tipo, como faço para que o chocolate e o marshmallow se unam perfeitamente?

Taylor para junto à porta, apoia nela o quadril, sugestivamente, e enrola uma mecha de cabelo.

Ainda que me orgulhe de oferecer a melhor versão do mundo de *s'mores*, dou uma resposta simples, mas clara:

— Tudo depende de quanto tempo você deixa os ingredientes *envelhecerem* — afirmo, já que Taylor tem 20 ou 21 anos, na melhor das hipóteses. — Vejo você na próxima semana.

Eu me despeço e vou embora. Pego o metrô no centro e depois caminho pelas ruas.

Recebo olhares por causa do gato pendurado nas minhas costas?

É claro que sim.

Gosto disso?

Sem dúvida.

Sorrio e aceno com a cabeça. Digo alguns *como vai?* e até faço um *miau* quando um garotinho passa com a sua mãe e sussurra, apontando para o meu ombro. Como se eu não soubesse que há um gatinho ronronando no meu ouvido.

Quando dobro a esquina do quarteirão do meu prédio, Zeus não é o único que ronrona. Porque bem na frente da portaria, usando óculos escuros espelhados e uma calça jeans que abraça deliciosamente as suas curvas, está a certa mulher que fico muito feliz de ver.

Mia Summers. *Mignon*, mas imponente. Uma fada poderosa com cabelo ondulado, olhos castanho-claros, bom coração e raciocínio rápido.

Eu a conheci há alguns meses. Ela visitava o irmão, Max, e é certo dizer que, desde então, Mia virou o centro das atenções da minha mente.

Quando a vejo, quando falo com ela, quando passo o meu tempo com Mia, confirmo a minha crença de que algumas coisas são bem simples.

Como, por exemplo, se um gato arrasta todo o seu corpo no chão ou trota corajosamente ao seu lado.

É um sim ou um não.

Um preto ou um branco.

Você sente atração pela irmã do seu grande amigo ou não.

Para que fique registrado, a resposta é: sim, sinto atração. Muita atração.

2

FAZIA QUASE UM MÊS QUE EU NÃO VIA MIA, DESDE A ÚLTIMA vez em que ela esteve na cidade e se hospedou no apartamento de Max. Eu não imaginava que ela voltaria uma semana antes do casamento de Chase, seu outro irmão, e fico feliz em revê-la.

De fato, ela faz tudo em mim muito feliz.

Por feliz quero dizer duro como pedra.

Ok, tudo bem. Não é que eu esteja funcionando com potência máxima neste momento. Tenho 33 anos, e não 15. Sou dono de bastante autocontrole no quesito de "quando e onde armar uma barraca". Só estou dizendo que essa mulher mexe comigo, e sinto que me excito quando a vejo.

Parecendo preocupada, Mia fala ao celular. Ela passa a mão pelo cabelo cor de mel. Ao me aproximar, ouço-a dizer:

— Sim, entendo. Entendo. Essas coisas acontecem.

E esse é o som de uma pessoa que está ficando decepcionada.

Quando Mia desliga o aparelho, ela se dá conta de que estou ali. Inclina a cabeça, com o olhar penetrante, a testa franzida e as covinhas do rosto me deixando louco. Os seus olhos se dirigem a mim e depois a Zeus; em seguida, ela aponta para o meu garoto.

— Não sei se alguém já lhe disse...

Arqueio as sobrancelhas.

— Disse o quê?

Mia olha para o chão e em seguida para mim. Em um tom inexpressivo, afirma:

— Os cadarços dos seus sapatos são de cores diferentes.

Fito o cadarço vermelho da minha bota de caminhada direita e o laranja da esquerda.

— É verdade. O outro vermelho enroscou no tronco de uma árvore na trilha do rio Hudson. Tive de sacrificá-lo em favor dos deuses dos cadarços.

— Tenho certeza de que eles ficaram encantados por receber uma oferenda tão legal — Mia comenta, e gosto do fato de que, apesar de não nos vermos há um tempo, ela se entrega direto a uma conversa descontraída, sem necessidade de cumprimentos, abraços ou *como você está?*. Não que eu meu opusesse a receber dela um abraço amigável. Ou até mesmo um bem forte e prolongado.

Mia me encara, ansiosa. Então, volto para a nossa brincadeira a respeito dos sapatos:

— Eles ficaram muito agradecidos porque o cadarço voltou para casa para descansar.

— Além disso, você sabia que há um gato nas suas costas? — Ela se aproxima.

— É mesmo? — Estico o pescoço para espiar por cima do ombro. — Tem razão. Como ele chegou aí?

Mia põe as mãos nos quadris.

— Você está em apuros.

— Tenho sido um menino mau, não tenho?

Ela empurra o meu ombro e depois balança o dedo para mim.

— Por que você não me disse?

Surpreso, ergo uma sobrancelha.

— Que há um novo e incrível restaurante italiano na rua?

Aborrecida, Mia bufa e olha em torno.

— Eu te conheço há meses, e você não me disse que tinha um gato. Amigos não escondem animais de estimação de amigos.

Mia não aparece na cidade com tanta frequência. Ela nunca esteve no meu apartamento. E eu não levo Zeus à casa de Max. Porém, não taparei o sol com a peneira. Vou me divertir um pouco com ela. Flertar com ela. Porque... É isso que vamos fazer.

— Existe um motivo.

Mia arregala os olhos e bate o bico do sapato no chão, impaciente. Ajeito o cabelo com a mão. Evie diz que o meu cabelo castanho-claro é rebelde e que isso é uma coisa boa. *As mulheres adoram cabelo rebelde*, ela afirma. Evie acertou até agora. O meu cabelo tem feito grande sucesso entre as mulheres, e outras partes também.

— É um bom motivo — acrescento.

— Estou esperando, Patrick. Realmente, esse não é o tipo de informação que você deve ocultar.

Suspiro como se fosse fazer uma grande confissão. Então, pouso a mão no ombro dela. Porque não perco nenhuma oportunidade de tocá-la.

— Olha, Mia, serei franco com você. Se eu te dissesse que tinha um gato que faz caminhadas, que anda pendurado em uma mochila e ronrona como uma estrela do jazz, você não teria tido escolha a não ser se apaixonar por mim. — Sorrio para ela.

Quando Mia dá uma risada, ela joga a cabeça para trás, e o seu cabelo ondulado tremula na brisa. Ela é dona de uma beleza simples. Tem um aspecto jovem e saudável, e o seu cabelo não é excessivamente arrumado; parece despenteado e ter sido seco com uma toalha. Além disso, ela tem covinhas fantásticas, o que a faz parecer inocente, muito embora eu suspeite que Mia tem um lado perversamente safado. E depois há aqueles olhos: castanho-claros com salpicos verdes. Às vezes, eles dão a impressão de um castanho suave e quente; outras, de um mar verde sob o sol.

Nem vou falar do seu corpo: sarado e atlético; exatamente como eu gosto. Mas é o seu senso de humor sarcástico que sempre me pega.

— Como você sabe que eu não teria me apaixonado pelo gato? — Então, Mia estende o braço, fica na ponta dos pés, já que sou quase 30 centímetros mais alto que ela, e passa a mão pela cabeça de Zeus.

Galanteador como ele só, Zeus ergue a cabeça e ronrona sugestivamente enquanto Mia o acaricia.

Com ela tão perto, não consigo deixar de apreciar as curvas agradáveis e gentis que percebo sob sua regata. Meu Deus, adoro o verão e as roupas que as mulheres usam quando os dias ficam mais quentes.

— Bem, eu e ele somos um pacote: levou um, tem de levar o outro — digo. — Vamos lá, não se acanhe, apenas admita que está louca por mim.

Mia dá um passo para trás, olha em volta e ajeita a bolsa rosa em seu ombro.

Aponto a portaria, sugerindo que podemos entrar no prédio. A empresa de produtos de beleza de Mia fica em San Francisco, mas ela tem passado cada vez mais tempo em Nova York. Quando Mia está na cidade, costuma se hospedar no apartamento de Max, que fica cinco andares acima do meu. Conheci Max quando me mudei para este prédio, há um ano e meio. Em pouco tempo, nos tornamos amigos. Mas só conheci Mia alguns meses atrás, quando ela passou a vir para Nova York regularmente por causa dos negócios.

Mia levanta as mãos em sinal de rendição.

— Ok, ok, não tem jeito, tenho de admitir. — As pálpebras de Mia tremulam, e ela leva a mão ao coração. — Estou perdida de amor.

— Exatamente. É por isso que não te mostrei o meu gato na noite em que nos conhecemos. Nem depois. Zeus é um ímã de gatinhas completo e absoluto e, como eu te respeito, não podia usar esse tipo de arma secreta e deixar você sem escolha.

— Zeus é um nome másculo e ousado. É uma supercompensação por algo? — Mia dirige o olhar para baixo.

Graças a Deus não tenho mais ereções em público.

— Supercompensação pela grandiosidade pura e absoluta dele — zombo.

— E o que o torna tão grandioso, além do fato de ele andar ao seu lado?

Ao alcançarmos a área dos elevadores, chamo um deles.

— Você faz piada, mas tenho certeza de que já ouviu falar de Zeus, o Gato das Caminhadas. Ele tem mais de 1 milhão de seguidores no Instagram.

Mia pisca, surpresa, e os jogos de sarcasmo cessam.

— Sério?!

Enquanto esperamos pela chegada do elevador, pego o meu celular e abro o *feed* de O Gato das Caminhadas e mostro algumas fotos recentes para ela: o companheiro peludo perambulando por uma trilha de montanha; ele relaxando na popa de uma canoa, e eu remando em um lago; ele correndo sobre um tronco de árvore lançado sobre um riacho.

Em seguida, minha imagem favorita: Zeus ao ar livre, com os olhos fechados, o rosto virado para cima, desfrutando de alguns raios de sol no alto de uma trilha de montanha de 6 quilômetros, quando não há mais nada além do céu azul.

— Nossa, mal posso acreditar que ele realmente faz caminhadas!

— Posso levá-la junto em uma caminhada para que tire a prova, Mia.

Ela gargalha e faz que não com a cabeça, dando um tapinha na bolsa.

— Cheguei ontem à noite. Tenho reuniões a tarde toda, contratos com fornecedores para revisar e campanhas de marketing para analisar. Além disso, janto amanhã com Josie, Chase, Max e Henley. É muito trabalho. Não consigo tirar uma folga para dar uma caminhada.

O elevador chega. Entramos, e as portas se fecham.

— Que absurdo. Sempre há tempo para uma caminhada.

Mia suspira com tanta força que parece que o ar está vazando dela.

— Sinto como se eu não tivesse tempo nem para respirar, que dirá para ir à academia, e muito menos para fazer uma viagem. Na última vez em que estive em Nova York mal consegui jogar Laser Tag na tarde de sexta-feira com o meu amigo Dylan. E acabei de descobrir que um dos nossos maiores fornecedores desistiu de um acordo relativo a um novo creme de limpeza facial que desenvolvemos. — Ela me encara. — E preciso achar outro fornecedor.

Mia criou a sua empresa há alguns anos, para fabricar produtos de beleza e maquiagem orgânicos e desenvolvidos por métodos que não envolvam testes em animais. É a sua verdadeira paixão, e ela trabalha obstinadamente na expansão da Pure Beauty. Mas, mesmo quando você ama o que faz, isso pode cobrar um preço. Vejo um lampejo de cansaço nos seus olhos e percebo o quanto ela precisa de um descanso.

— Era isso o que eu estava fazendo antes de ver você. Conversando com o fornecedor — Mia explica.

Ah, então eu tinha razão. Decepcionada.

— Sinto muito, Mia. Isso é péssimo.

— É... Estou me esforçando, mas sinto estar sendo puxada em muitas direções.

— Talvez você precise dar uma escapada.

— Não posso.

— Você conseguirá raciocinar melhor depois de algumas horas desconectada. O seu humor vai melhorar para o casamento na semana que vem.

Veja, não estou tentando obter um tempo extra com ela. Percebo pela tensão nos seus ombros, pela aflição do seu suspiro e pelo seu discurso que Mia precisa de um descanso.

— É mesmo?

— Mia, você precisa recarregar as baterias. Tenho certeza de que você consegue preencher todas as 25 horas do seu dia com trabalho, mas as pessoas também precisam se afastar das telas.

— Mesmo porque são apenas 24 horas em um dia, certo?

O elevador chega ao meu andar. Quando as portas se abrem, não saio e continuo falando com ela:

— Não para pessoas como você, que têm de alguma forma uma hora extra anexada para conseguir ainda mais produtividade. Então, dê algum tempo e relaxe. A sua mente vai se revigorar.

Mia morde o canto do lábio.

— Você está tentando me convencer a matar aula?

— Amanhã é sábado. Se não trabalhar o dia todo no sábado conta como matar aula, o problema é sério.

— O que está sugerindo que façamos?

— Estou dizendo para tomarmos um pouco de sol e comermos alguns petiscos. Podemos nos desconectar até você clarear as ideias e relaxar.

Os olhos de Mia brilham.

— Adoro petiscos.

— Amêndoas — digo em um sussurro quase obsceno.

Mia geme.

— Azeitonas verdes — murmuro, com a voz ficando mais rouca.

Mia se abana.

— Sementes de girassol.

Mia deixa escapar um suspiro, e, sim, o erotismo associado a uma semente de girassol é muito melhor do que um *s'more* pornô.

— Agora você está me provocando...

— Juro, Mia, tudo isso pode ser seu.

— Mas tenho que analisar as campanhas de marketing.

As portas do elevador rangem, querendo se fechar para que a cabine se desloque para o próximo andar. Faço a minha última tentativa para convencê-la:

— Gostaria de saber se há algum empresário alto, bonito, de olhos azuis, que vai analisá-las com você, digamos, durante o almoço de hoje, para que amanhã você possa tirar um dia de folga para relaxar.

Vejo a expressão de Mia mudar de talvez para "sim". Suspeito que foi a palavra *almoço* que provocou essa mudança.

Ela fica na ponta dos pés.

— Podemos pedir a comida daquele novo restaurante italiano aqui pertinho?

E agora o almoço é o meu novo parceiro.

— Fechado! — digo, e saímos do elevador lado a lado, nos dirigindo até o meu apartamento.

Largo minha mochila, liberando Zeus. Ele pula para fora e, assim que as suas patas brancas atingem o chão, ele concede todo o carinho do mundo à perna de Mia.

Passamos as próximas duas horas comendo *fettuccine al dente* com legumes, analisando as campanhas de marketing de Mia e discutindo sobre as comidas favoritas para levar em uma caminhada de quatro horas.

Decidimos pelas azeitonas e amêndoas, e, em seguida, Mia faz um pedido para que eu a surpreenda, já que ela adora surpresas.

Então, ela vai embora, e eu passo a cuidar do meu próprio negócio, trabalhando junto com o meu novo gerente da Costa Oeste, que supervisiona as nossas viagens no norte da Califórnia, e também com os meus assistentes daqui de Nova York, que cuidam do trabalho do dia a dia referente a caminhadas, *rafting*, acampamentos e retiros corporativos. No fim da tarde, meu gerente de recursos humanos me liga, e passamos uma hora revisando o manual de conduta do funcionário atualizado, linha por linha.

No início deste ano, enfrentei alguns problemas com um guia que transou com uma cliente casada em uma caminhada de três dias em Vermont. Toda a situação virou uma grande confusão: o guia publicou algumas postagens furiosas no Facebook por ter sido demitido, e o marido da cliente nos ameaçou. Os ânimos se exaltaram, ainda que nada acontecesse no final das contas. Mas endurecemos as nossas diretrizes para os funcionários, já que é tudo o que podemos controlar.

* * *

Na manhã seguinte, acordo bem cedo e saio para correr 8 quilômetros. Quando volto, coloco a coleira vermelha no meu gato. Tiro uma foto dele sentado ao lado de uma pequena mochila e de um pouco de comida para a caminhada. Em seguida, posto a foto no *feed* de Zeus.

Pronto para a aventura de hoje!

Faço um gesto negativo com a cabeça, porque não acredito em quem eu me tornei: um cara que posta fotos do seu gato no Instagram.

Mas, por outro lado, como eu poderia recusá-lo quando Evie o trouxe, com os seus olhos verdes piscando para mim como o Gato de Botas? A minha irmã é uma casamenteira, e um dos seus clientes é um bombeiro que resgatou Zeus de um incêndio em um armazém no Queens. O garotinho não tinha um lar e, então, Evie insistiu que ele fosse meu, já que ela é levemente alérgica.

Portanto, eu tenho um gato.

Alguns minutos depois, pego o elevador para ir até o andar de Max, e toco a campainha do seu apartamento.

Ele atende com a cara mais feia do mundo.

— Achou mesmo que eu não notaria você passando o dia com a minha irmã?

Incrédulo, reviro os olhos ante o esforço de Max para desempenhar o papel de irmão mais velho amedrontador. Mesmo nos conhecendo há menos de dois anos, ele se tornou meu amigo mais próximo em Nova York, em parte porque é um cara franco, leal, confiável e tem uma mesa de bilhar incrível. A opinião dele sempre importa para mim.

— Achei que aparecer na sua porta daria uma dica.

Mas ele não relaxa. Em vez disso, Max rosna.

Isso só me faz rir.

— Cara, toda a rotina é um pouco ridícula.

— Eu vi o jeito como você olhou para Mia no jantar de Henley, algumas semanas atrás.

Max e sua namorada, Henley, construíram um carro juntos para um programa de tevê em rede nacional que acabou de completar uma primeira temporada de grande sucesso, e eles comemoraram com uma festa. Não vou mentir; passei um tempo extra com Mia na festa, mas não a via fazia algum tempo, e nós dois sempre parecemos gravitar um em direção ao outro quando ela está na cidade. Isso tem sido assim desde a noite em que nos conhecemos. Nós entramos em sintonia.

E esse é um grande motivo pelo qual é uma merda Mia morar a 4800 quilômetros de distância.

Mas, como Max começou, não consigo resistir a lhe dificultar a vida.

— E nessa festa como exatamente olhei para ela? Como alguém querendo ajudar a servir a salada que ela fez? Foi esse tipo de olhar? — pergunto, adotando uma voz baixa e sacana só para enfatizar o ridículo do seu argumento. — "Ei, docinho, deixe-me ajudá-la com as pinças..."

— Nunca mais quero ouvir você dizer a palavra "docinho".

— O mesmo vale para você.

Ele abre um sorriso, ri alto e me dá uma palmada no ombro.

— Só estou brincando, cara. Sei que você nunca faria nada pelas minhas costas.

Bem, isso não é totalmente verdade. Fiz algumas coisas bastante sujas com Mia na minha imaginação esta manhã.

— Não é? — ele me pressiona.

Ergo a mão, como se estivesse fazendo um juramento.

— Nada pelas suas costas, prometo. Além disso, quando eu convencer a sua irmã a se casar comigo, serei sincero a respeito disso. De homem para homem. — E dou uma palmada no peito dele.

Em dúvida, Max pisca e coça a orelha.

— Você está brincando comigo.

Dou um sorriso malicioso.

— Com toda a certeza — afirmo, já que não há nada para dizer. Falei sério: eu seria sincero sobre a situação. Contaria para ele. Mas não há nada para contar, pois Mia mora muito longe. Tudo o que posso fazer é aproveitar os poucos segundos e minutos disponíveis com ela. Talvez se eu passasse horas demais com Mia, o sentimento definhasse e desaparecesse.

— Além do mais, só estou levando a sua irmã para explorar a Mãe Natureza. Tenho a sensação de que ela precisa disso.

— Cara, ela precisa — Max afirma, espiando atrás de si. — Ela anda estressada com o negócio: para onde ele vai, o que fazer a seguir. Henley e eu tentamos convencê-la a fazer uma massagem, mas então Mia disse que ia passar o dia com você. Fiquei feliz ao saber disso.

— Ótimo. Acho que isso significa que você vai me emprestar seu Triumph para levá-la até o início da trilha.

Max põe a mão na barriga e gargalha.

— Essa é boa! Como se eu deixasse alguém, exceto a minha mulher, tocar no Betty Blue. Você pode ir com o seu Hyundai.

Minutos depois, Mia aparece, ajeitando seu cabelo úmido em um coque no alto da cabeça e me dando um sorriso.

— Estou pronta. Tenho de estar de volta às 5 e meia para uma teleconferência com uma possível fornecedora. Ela tem algum tempo livre hoje. Então, vamos conversar.

Incrédulo, reviro os olhos e sussurro para Max:

— Alguém precisa cancelar essa teleconferência de sábado.

Irritada, Mia põe as mãos nos quadris.

— Eu te ouvi. O apartamento é grande, mas não tanto assim.

— Não se esqueça do jantar de hoje com o seu irmão favorito — Max diz, secamente, dando um tapinha no peito.

— Você quer dizer Chase? — Mia pergunta, piscando, inocente.

Max faz cara feia.

— Tudo bem, vou deixar que ele nos acompanhe. — Então, o seu tom fica sério. — Henley pediu para lembrá-la que temos reservas às 7 e meia, e Chase e Josie estão animados para vê-la.

— Estarei de volta. Juro. Você age como se eu fosse ficar presa no mato.

— Não estou preocupado com isso, mas sim que você fique presa na sua teleconferência — Max zomba.

Em instantes, Mia entra no meu Jeep, que decididamente não era um Hyundai, e, enquanto trafegamos para sair de Manhattan, ela acaricia Zeus, que decidiu passar a viagem no colo dela.

Não posso culpá-lo.

Eu também não me importaria de passar algum tempo ali.

3

TENHO UM PRINCÍPIO BÁSICO QUANDO EU GOSTO DE UMA mulher.

Podem me chamar de louco. Podem me chamar de antiquado.

Mas eis o que eu faço.

Eu a convido para sair.

Eu sei, eu sei. Sou das antigas, principalmente porque uso uma ligação telefônica para fazer isso.

Não envio mensagens de texto evasivas. Não uso Snapchat. E não tento fugir de uma paquera. Ligo para a garota e a convido para sair. Procuro escolher uma atividade que combina com ela. Para as atléticas, posso sugerir um passeio de bicicleta. Para as informais, talvez uma tarde em um festival de cerveja artesanal. Para as que gostam de sapatos Louboutin, encontro um restaurante japonês ou o mais badalado da vez que dá conta do recado. Não há necessidade de algo meia-boca, muito menos em um primeiro encontro. Dou tudo de mim e garanto que realmente podemos nos conhecer. Verifico se somos compatíveis.

Mas não convidei Mia para sair, e não foi por causa de Max. Não mesmo. O cara é um completo manteiga derretida por dentro. Além disso, ele não é um idiota que usa aquele papo-furado de *não namore a minha irmã porque ela é minha irmã*.

O principal motivo é que Mia não está muito por perto. Suponho que eu também não estou. Ela *realmente* não está por perto. Mia nem sequer mora aqui, e sim em San Francisco. Embora apareça em Nova York o suficiente para eu ter desenvolvido uma atração terrível por ela, que não mostra sinais de sumiço, Mia não vem aqui o suficiente para eu namorá-la... Ou algo mais.

Encosto o carro junto a uma trilha perto da cidade de Cold Spring, no vale do rio Hudson, e tento afastar da minha mente todos os pensamentos que envolvem atração. Isso demanda uma ginástica mental intensa, já que Mia está muito atraente com seu short cáqui, tênis branco e camiseta azul. Quando ela abre o zíper do agasalho de moletom leve, leio o que está escrito na camiseta: "Sinto muito pelo que disse quando estava com fome".

Depois de pôr a coleira em Zeus, aponto para a camiseta de Mia e digo:

— Ainda bem que separei duas porções do prato-surpresa para te dar. Pelo jeito, você é uma daquelas pessoas para quem *estou morta de fome* é uma expressão corriqueira.

Ela semicerra os olhos e me diz:

— Você sabe como alguns são antes do café?

Concordo com um gesto de cabeça.

— Sou eu em jejum.

Dou uma risada, e nos encaminhamos para o início da trilha, aproveitando o sol que brilha acima de nós.

— Precisamos de um anel do humor para você, Mia. Ele detectaria seu estado de espírito com base nos alimentos que você consumiu, e a cor do anel me avisaria quando os estoques estivessem perigosamente baixos.

— Comi mingau de aveia e mirtilos hoje de manhã. Então, a cor do anel ainda deveria estar indicando *agradável*, mas em poucas horas ela vai mudar abruptamente e indicar *desagradável*.

— Ainda bem que estou preparado.

— Parece que você está preparado para tudo. — Mia olha para minha mochila.

Conheço muito bem os riscos de me perder numa mata; assim, embalei algumas coisas básicas. Melhor prevenir do que remediar.

— Sim, isso é verdade — afirmo.

Indico o caminho de terra batida que se estende diante de nós, no sopé da colina, antes que ele adentre em uma parte mais arborizada.

— Você na frente.

Mia levanta a mão como se fosse uma placa de "pare", depois aponta para mim de modo acusatório.

— Ei! Você não deveria ser o guia?

Passo a mão pelo cabelo.

— Pois é, mas, se você seguir na frente, será a minha informante, me dizendo onde estão as pedras perigosas, as areias movediças, as cobras, os pumas ou até mesmo as plantas carnívoras devoradoras de homens.

Mia me lança um olhar duro.

— Se as plantas forem devoradoras de homens, elas vão mirar em você. — E ela se vira e começa a correr a toda a velocidade. — Me pegue se for capaz!

Puta merda.

Num instante, Mia, que se tornou um borrão, olha por cima do ombro, acenando para me encorajar.

Eu também sou rápido, e poderia recuperar o terreno perdido em segundos. O problema é que Zeus detesta correr. É claro que ele consegue sair correndo atrás de um passarinho apetitoso. Mas isso tem a ver com a duração do seu movimento em velocidade. Ele não está jogando o jogo de Mia. Em vez disso, Zeus põe uma pata branca na frente da outra e caminha.

E caminha.

E caminha.

— Cara, você está sendo um empata-foda — murmuro para o gato.

Ele ergue o rosto e emite um miado do tipo *pelo contrário*.

— Você pode pelo menos tentar dar um corridinha?

Se gatos dessem risada, Zeus rolaria de rir caminhando atrás da mulher.

— Que tal um trote? Talvez um passo acelerado?

Um minuto depois, alcanço Mia, que dá risada, com as mãos nos quadris.

— Quero minha medalha agora, por favor.

— E por qual motivo?

— Deixei você comendo poeira. — Mia balança os quadris para a frente e para trás, me provocando. Vejo que tirá-la da cidade a tornou ainda mais serelepe.

— Tive uma desvantagem: o meu gato.

— Ah, pobre Zeus... — Ela se inclina para acariciar as orelhas dele, e Zeus se alonga em direção à palma de sua mão. — Sinto muito, Patrick está culpando você por ele ser tão lento.

Achando engraçado, reviro os olhos e balanço a cabeça.

— Primeiro, não sou lento. Segundo, você corre como uma lebre.

— Não como um guepardo? — ela pergunta, se animando.

— Muita gente sabe que os guepardos são os animais terrestres mais velozes do mundo, mas nem todos sabem que as lebres são o sétimo mais rápido. — Então, aponto para o gato cinzento ao meu lado. — Porém, o humilde gato doméstico não está na lista. Assim, nós só vamos caminhar hoje.

Mia encolhe os ombros e dá um sorriso travesso. Assim, damos início à nossa caminhada.

Ela cita Thoreau:

— "Caminhei pelo bosque e saí mais alto do que as árvores".

Mais essa agora... Quando eu estudava letras na faculdade, fui muito inspirado pela obra de Thoreau. Os seus escritos sobre a natureza eram a minha droga. Parece que há muito pouco de que Mia possa lançar mão para me fazer não a querer.

— Essa é bonita. Mas a minha favorita é: "Se alguém avançar com confiança na direção dos seus sonhos e se esforçar para levar a vida que imaginou, encontrará um sucesso inesperado nas horas comuns".

— Adoro. Até gosto da versão simplificada que vemos naquelas frases de inspiração.

— "Leve a vida que você imaginou" — eu começo a falar, e ela intervém para terminar comigo: — "Siga com confiança na direção dos seus sonhos".

Sorrio, impressionado.

Mia também sorri, passando de um sorriso travesso para um bem quente.

— Há uma loja no aeroporto de San Francisco que tem ímãs com todos os tipos de citações populares sobre negócios e a vida: sonhe alto, trabalhe muito, inove, seja flexível. Sempre paro para lê-las, pois me dão uma sensação boa. Mas essa citação é a minha preferida, porque eu quero essa vida. — Então, ela olha para o gato. — Por falar em sonhos, um deles é dizer que eu caminhei com um gato. Posso?

Entrego a guia para ela. Mia sorri, feliz. E aquele sorriso me cativa, me animando. Aí, me aproximo mais dela, baixo a voz e digo:

— O motivo pelo qual disse "Você na frente" no início da trilha é que, como cavalheiro que sou, ainda acredito na expressão "primeiro as damas".

As pupilas dela se dilatam, e ela pisca. Em seguida, os seus ombros sobem e descem, de forma mais dramática do que antes. Ótimo. Se Mia vai me seduzir com citações do meu filósofo-poeta favorito, então talvez eu a provoque com um pouco de insinuações da variedade mais suja. Do tipo que vai fazê-la imaginar. Fazê-la sentir. Fazê-la pensar.

— Isso é muito atencioso da sua parte. E eu gosto de cavalheiros. — Ela esticou um pouco o *gosto*.

Se Mia não fosse voltar para casa dentro de poucos dias, talvez eu prosseguisse com uma resposta insinuante. Eu sondaria o terreno, perguntaria o que ela quis dizer, e, se todos os sinais apontassem para seguir em frente, eu passaria à ação. Afinal, esse é o cenário perfeito para um beijo. O sol está brilhando. O céu é uma lata de tinta azul. Um dossel de árvores emoldura Mia.

Luz solar, brilho labial e ela. É o que eu sentiria se eu pressionasse minha boca na dela do jeito que quero.

Mas Mia não deu nenhuma indicação de que quer um beijo.

Ando perto dela e aponto para uma planta retorcida, sugerindo que ela a evite.

— Do tipo devoradora de homens? — ela pergunta, enquanto seguimos em frente.

— Essa gosta de mulheres velozes. Então, tome cuidado.

— Obrigada pelo aviso. E já que você tinha razão sobre plantas carnívoras, isso significa que também tem razão sobre cobras nesta trilha?

O tom de voz de Mia é calmo e sereno, ao contrário do jeito como a maioria das pessoas se refere a cobras. Em geral, a palavra é expressa em um sussurro gelado.

— Sem dúvida, existem algumas. Estamos ao ar livre. Mas você não as vê com muita frequência, e eu sei como lidar com elas. Então, não precisa se preocupar. — Observo o rosto dela à procura de sinais de temor. Não vejo nenhum. — Você não tem medo de cobras, não é?

— Eu não me aconchegaria com uma cobra no sofá para vermos um filme e compartilhar pipoca, mas consigo lidar com esse bicho.

Algo peludo faz barulho em um arbusto à frente, e Zeus enlouquece. Ele avança e puxa Mia, lançando-se atrás da sua maior predileção no mundo. A única coisa que sempre o fará correr: um esquilo.

— O maior sonho de Zeus é ter um esquilo como refeição — digo, enquanto Mia o puxa para longe com cuidado.

— Deixe-me adivinhar: ele ainda não conseguiu isso.

Faço um gesto negativo com a cabeça.

— Ainda não, mas a esperança é a última que morre. — Então, volto para o assunto anterior: — Quer dizer que as cobras não te assustam. Do que você tem medo?

A sua resposta é imediata:

— Varandas. — Ela faz uma careta.

Como é?

— Varandas?

Mia faz que sim com vigor.

— Eu nunca teria imaginado. O apartamento de Max fica no 25º andar.

Ela ergue um dedo enquanto contorna um galho baixo.

— Aí é que está. Não tenho medo da altura, mas de ficar numa varanda.

Então, me dou conta de duas hipóteses:

— Seu temor é de que a varanda desabe sob seus pés ou de que você se atire dela?

— De me atirar dela. É estranho, não é? — Mia parece surpresa por se sentir dessa maneira, como se não soubesse direito o que pensar disso. — É lógico que sei que não vou me atirar. Amo a vida e não tenho tendências suicidas. Mas, quando estou em uma varanda, sinto plenamente que bastaria erguer a perna e saltar. É um medo muito estranho, Patrick.

O tom de Mia é intenso, mas o que mais me espanta é o jeito como ela diz o meu nome. Como se existisse uma intimidade especial nessa confissão.

— Nunca contei isso a ninguém — ela sussurra, estranhando ter dado voz a essa fobia.

Sinto-me contente — orgulhoso, para ser sincero — por ela ter me escolhido para essa confidência, mas também curioso do motivo.

— Por que não contou a ninguém?

— A maioria das pessoas não entenderia — ela afirma, enquanto uma borboleta-monarca passa voando perto da minha cabeça, batendo suas asas laranja. Aponto para a borboleta enquanto Mia fala, e ela sorri, observando-a se afastar antes de prosseguir: — Todo mundo iria temer que eu me jogasse da sacada, mas não se trata disso. É só que o meu cérebro consegue ver todas as coisas horríveis se desenrolando. Mesmo sabendo racionalmente que eu não me jogaria, a mente ainda deixa as imagens se desenrolarem. E é assim que me sinto quando estou em uma varanda e olho para baixo. *Sinto* todas as coisas que poderiam acontecer, e alguma curiosidade humana antiga me atiça, dizendo *experimente isso*, mesmo que, é claro, eu não queira.

— Então, por que você me contaria se acha que compartilhar isso faria as pessoas acharem que você é louca?

Ao responder, os olhos de Mia assumem uma cor verde mais escura do que a normal e que jamais vi antes:

— Você é diferente. Você não é como todo o mundo.

E essa é uma daquelas coisas que as pessoas dizem que podem abalar o seu mundo ou colocá-lo no rumo.

4

DIFERENTE.
Esse é um daqueles adjetivos que podem ser usados de diversas maneiras.
Ele é um pouco... como podemos dizer... diferente.
Nunca pensei em mim como alguém diferente. Sou um cara normal. Não sou alguém que possui hábitos estranhos, como limpar os ouvidos com cotonete em público, ou discutir a limpeza com cotonete com um grupo de pessoas, ou mesmo ficar muito perto de estranhos a ponto de eles poderem sentir o meu hálito. Embora, para deixar claro, meu hálito tenha cheiro de menta, já que escovo os dentes como se fosse uma religião.
Mas, além de passear com um gato, sou tão comum quanto possível.
— Me conta, Mia, por que acha que sou *diferente*? Você não gosta da minha barba? — pergunto, passando a mão pelo queixo.
— Sua barba é incrível — ela responde, rindo.
— Então, na certa, você tem algo contra caras que gostam de gatos.
— Ah, meu Deus, eu adoro animais! Você sabe disso. Sou voluntária da WildCare, ajudo animais selvagens feridos. E faço isso porque costumo amar os animais mais do que as pessoas.
— Então, sem dúvida, você encontrou as minhas fotos no anuário do ensino médio.
Curiosa, Mia arqueia uma sobrancelha, com os olhos brilhando.
— Não, mas agora eu quero vê-las.
— Não. De jeito nenhum — digo, com a voz mais grave, alertando-a. Porque aí está um limite que ninguém deve ultrapassar.
— Tudo bem. Vou parar de mexer na sua gaveta de cuecas em busca do seu anuário.
Mia e minhas cuecas boxer. Só vou me ater a esse pensamento por mais um segundo. Ok, de volta ao tema em questão:

— Quer dizer que eu sou *diferente*? — pergunto, desenhando aspas no ar. — Qual é o lance?

Ela abre um sorriso largo.

— É um elogio. Você é diferente porque você é normal.

Começo a rir. Uma risada calorosa e feliz.

— Normal. Aceito a sua opinião.

— Pode acreditar, é um *tremendo* elogio. Poucos são tão maleáveis quanto você. Tão descontraídos. Tão satisfeitos com o que são. Acho que foi por isso que te contei sobre a guerra que tenho travado com as varandas.

— Adorei você ter compartilhado as suas batalhas nas varandas.

Mia suspira fundo, como se estivesse aspirando ar fresco e revigorante. Alonga o pescoço de um lado para o outro e sacode os ombros, quase como se um peso lhe tivesse sido tirado.

— Você tinha razão. Ficar longe do trabalho, dos telefones e da pressão ajuda bastante.

Sorrio para ela, dando-me um *valeu, garoto* mental. É uma alegria saber que a ajudei.

Mia aponta para a trilha.

— Vamos nessa.

E retomamos a caminhada.

— Agora é a sua vez, Patrick. Conte para a sua amiga Mia do que você tem medo.

— Vegas — respondo, com um falso calafrio. — Não suporto aquela cidade.

— Ah, pare com isso... Você não tem medo de Vegas.

— Tudo bem, apenas não gosto dela.

Mia ri.

— Eu gosto de Vegas. É uma cidade divertida. Um pouco maluca e exagerada, mas eu tiro de letra. Por que você a odeia? Afinal, mora em uma das maiores cidades do mundo.

— Não é que eu odeie Vegas. Mas não há equilíbrio nela como o que existe em Nova York. Manhattan, por exemplo, funciona a um milhão de quilômetros por hora, mas então nos surpreende com o Central Park, com a trilha do rio Hudson e com as ruas de paralelepípedos do Village. E com a água. Existe água em todos os lugares.

Mia suspira com prazer.

— Também adoro Manhattan. Mas você ainda não me contou. Seus medos. Confesse. Seja sincero.

Quer dizer que estamos jogando o jogo de conhecer um ao outro... Sou capaz de jogá-lo. Gosto disso. Quero isso. Além do mais, a resposta é fácil. Meu grande medo? Eu o superei. Ajusto um pouco a mochila e coloco os meus óculos escuros, já que o sol está mais alto e mais forte.

— Pontes.

— Sério? Isso me surpreende.

— É mesmo?

— Não consigo entender tal coisa. Você se refere àquelas pontes malucas que aparecem no Facebook, do tipo *Você atravessaria esta ponte?*, e aí a gente vê uma ponte de vidro suspensa a 300 metros de altura com vista para águas turbulentas? Ou está falando de pinguelas numa selva?

— Não tenho problemas com pinguelas. Nem com pontes de vidro. Meu temor era com as que eu tinha que atravessar com o carro. — Agora o calafrio é de verdade. — Essas eram assustadoras.

— Ahhhhh! — Mia exclama, arrastando a palavra. — Você tem medo de bater, capotar na lateral da ponte e ficar preso no veículo.

— Na mosca. Mas já superei isso.

— Como você superou? Comprou um carro com janelas manuais para poder sempre escapar e sair nadando?

— Isso, e também dirijo usando pés de pato e óculos de proteção para estar preparado para qualquer eventualidade.

Mia dá risada, empurrando o meu ombro.

— Sério, o que fez? Porque você me deu a impressão de estar se sentindo superbem quando atravessamos a ponte sobre o Hudson.

— Continuei enfrentando o temor — afirmo, sem rodeios. — Olhando para baixo, por assim dizer. Sério, foi a coisa mais difícil quando me mudei para Manhattan. Tantas pontes, não é?

— Como se elas se acasalassem e gerassem pontes bebês em todo canto.

— Exatamente. Tive que lidar com todas as pontes. Para passar por cima delas, eu ouvia música para me distrair e manter o astral, ou conversava comigo mesmo, dizendo coisas do tipo *estou bem, estou no controle, estou seguro*.

Mia sorri.

— Isso é legal. Você assumiu o controle do seu medo, não deixou que ele te controlasse. O temor desapareceu completamente? Ou você ainda pensou nele na nossa vinda para cá?

— Sem dúvida, lembrei-me dele. Mas agora já consigo lidar com a situação. — Faço uma pausa, lançando o olhar para trás de mim, para encontrar os olhos de Mia. — Porém, da próxima vez será muito mais fácil se você segurar a minha mão.

— Também quer que eu acaricie o seu cabelo e cante canções de ninar?

— Sim, pode ser.

— Certo, próxima ordem do dia — Mia diz, enquanto serpenteamos ao longo da trilha, subindo as colinas. — Fale-me de algo que você ainda teme. De um medo que ainda não superou, porque, do contrário, vou achar que você não é normal.

Coço o queixo, considerando a pergunta, e vejo Zeus cheirando uma flor selvagem lilás enfiada numa pequena rocha. Ao longe, consigo distinguir o leve murmúrio de um riacho. O som da água ondulando sobre as pedras lisas é música para mim. Significa que estou ao ar livre. Ou seja, estou me mexendo. As minhas pernas estão funcionando. O meu coração, bombeando sangue. É disso que eu gosto. Energia. Ação. *Vida*. O modo como me sinto sob o grande céu, sem chão entre a terra e os meus pés, é o motivo de um grande medo para mim.

— Eis um medo que acho que nunca vou superar. — Ergo os óculos escuros e a encaro. Sem brincadeiras. Sem provocações. Sem sarcasmos. — Ficar doente.

A expressão de Mia se suaviza. Ela entreabre a boca e engole em seco.

— Consigo perceber isso em você.

— Quero ser saudável. Quero me sentir bem e fazer as minhas próprias escolhas todos os dias. A saúde é uma grande dádiva, e o que mais me causa pavor é perdê-la por motivos que só Deus sabe.

— Como alguma catástrofe?

— Pode ser. Mas também pode ser qualquer coisa: gripe, resfriado, tanto faz. Odeio ficar doente.

Mia leva a mão ao peito.

— Estou ficando com vontade de te dar um abraço.

Bem, isso é um prêmio inesperado.

— Não vou recusar — digo de brincadeira.

Mia se aproxima, fica na ponta dos pés e passa os braços em torno de mim. E encosta a cabeça no meu peito. Que inferno! Ela se encaixa em mim como um par perfeito de botas de caminhada. Daquele tipo que, de tão boas, você quer passar o seu dia usando-as. Mia é suave e curvilínea nos lugares certos, forte e esbelta em outros, e o seu cabelo tem cheiro de abacaxi. Também tem um toque de coco, e sei que é um dos produtos que ela fabrica: um xampu tropical. Gostaria de lamber o seu pescoço, sugar a sua boca, girar a minha língua na sua orelha. Aposto que ela sentiria um arrepio se eu pressionasse minha boca na dela. Aposto que ela tremeria se eu mordesse de leve o lóbulo da sua orelha. Então, ela se curvaria em mim, querendo mais.

Implorando por mais.

No entanto, os meus pensamentos sujos desaparecem num instante quando ela sussurra junto ao meu ombro:

— Tenho medo de magoar a minha família.

— Sério? — E todos os meus instintos me dizem para levantar a mão e acariciar-lhe o cabelo. Então, escuto a minha intuição e passo os dedos pelos seus cachos loiros. Mia é como um gatinho. Seu cabelo é muito macio.

— Amo os meus irmãos e quero fazer o certo por eles, que sempre cuidaram de mim quando eu era mais jovem. Eu era a menor criança da escola.

— Era?

Mia assente junto a mim.

— Por incrível que pareça, só alcancei 1,55 metro de altura aos 14 anos. No ensino fundamental, as outras crianças tiravam sarro de mim, dizendo que parecia que eu ainda estava no pré-primário. Mesmo na 2ª série a piada era que eu era uma criança do jardim da infância. Eu odiava isso, porque só queria me integrar. E os meus irmãos me diziam que aquilo não importava. Eles me ensinaram a ser forte, e nunca me ridicularizaram por causa do meu tamanho. Na realidade, fizeram o contrário. Max foi quem disse que o meu tamanho seria útil para ginástica. Que seria minha arma secreta. — Ela recua e me encara.

— Foi ele? O nosso grande e selvagem Max? — Dou risada, porque isso é legal. Correção: isso é muito legal.

O canto dos lábios de Mia se curva para cima.

— Sim. O nosso grande e selvagem Max. Ele me garantiu que era o único esporte em que ser pequena seria uma verdadeira vantagem.

— E tinha razão.

— Meus pais também me apoiaram, mas foi Max quem sempre esteve ao meu lado. Ele ficava louco de alegria quando eu ganhava uma competição. Meu irmão torcia sempre por mim. E me pôs sentada nos seus ombros quando ganhei uma medalha de ouro. Max é cinco anos mais velho e, quando eu tinha 10 anos, ele já era 30 centímetros mais alto que eu. O seu entusiasmo era como uma explosão de felicidade no meu peito. — Mia me dá uma palmadinha no peito. — E ele estava certo. O meu foco na ginástica me fez parar de me importar com a zombaria das crianças por eu ser pequena.

— Gosto do seu tamanho — eu digo, porque realmente, o que mais há a dizer? Mia é pequena, e isso é perfeito para ela.

— E eu gosto do seu — ela revela, com a voz suave e um tanto sexy.

E de repente quero fazer um *s'mores* pornôs com ela. Quero puxá-la de volta para os meus braços e lhe mostrar quão bem os nossos tamanhos se encaixam.

Contudo, no exato momento em que estamos dando uma guinada para a paquera, para a fase de nos conhecermos, o som de passos à frente nos interrompe.

Dois caminhantes aparecem, vindos em nossa direção, descendo a colina. É a minha deixa para prosseguirmos, independentemente do momento que Mia e eu estamos tendo. Aí, voltamos a caminhar em silêncio, aproximando-nos de um rapaz corpulento de bermuda safári e chapéu de palha. A mulher logo atrás dele usa uma mochila pequena e um bastão de caminhada.

— Tudo bem? — pergunto a eles.

— Não posso reclamar. O dia está perfeito — o cara responde.

— Sem dúvida.

— E vocês têm um gato sensacional.

— Muito obrigada — Mia entra na conversa, enquanto saímos do caminho, deixando a dupla passar. — Ele é um aventureiro.

— Fred, por que não treinamos nosso siamês para usar guia e coleira? — a mulher pergunta.

— Querida, nós temos um gato que precisa ser arrastado. Foi o que ouvi ontem na tevê.

Mia ri com discrição, e eu fico recordando as palavras do rapaz. Não aquelas sobre o gato. As anteriores. *O dia está perfeito.* É uma afirmação ousada. Não tenho tanta certeza de que o meu dia está perfeito, mas tenho que dizer que está muito bom.

E, de um jeito ou de outro, isso tem que bastar. Pois tudo o que vou ter com Mia são pequenos momentos de vez em quando.

* * *

Pouco depois, chegamos à água. O riacho segue colina abaixo, correndo sobre as pedras. Um enorme tronco de árvore repousa na superfície, proporcionando passagem para outra trilha.

Mia me entrega a guia.

— Me observe, Patrick.

O comando mais fácil de obedecer de todos os tempos.

Ela pisa no tronco, atravessa-o como se fosse uma trave de equilíbrio, curvando o pé ao longo da lateral a cada passo, projetando o peito e lançando os braços para cima, triunfante. O meu coração bate mais rápido, e não consigo deixar de me preocupar com ela, independentemente de quantas provas de ginástica ela tenha ganhado quando garota. Quando chega ao meio, Mia se inclina para a frente, apoia as mãos no tronco e joga as pernas para cima.

Ela está aprumada e magnífica de cabeça para baixo. Seu cabelo se espalha pela madeira, e Mia dá um sorriso largo para mim.

— Que tal eu plantando bananeira? Gosta?

— Adoro, mas não dê uma cambalhota para trás, ou seja lá como se chama — alerto, porque estou me sentindo um tanto apavorado com aquilo, imaginando Mia caindo do tronco.

— Não ganhei medalha de ouro na 5ª série à toa. — E ela dá uma cambalhota para trás, alcançando a outra margem. Mia se inclina para a frente agora, com os braços estendidos para o lado e uma perna erguida bem alta atrás de si. — Ei, sr. Folgado, o que acha? Estou aproveitando o meu dia de folga?

— Demais — respondo, rindo. Então, pego Zeus, coloco-o dentro da mochila e o carrego pelo tronco. Eu o mantenho ali enquanto escalamos uma série de caminhos íngremes em zigue-zague até o topo de uma colina, onde uma pradaria nos espera.

— Uau! — Mia exclama, percorrendo com os olhos a relva e as flores e admirando a vista.

Eu também fico admirando a vista: Mia, de pé, em um dos meus lugares favoritos da Terra. Talvez este *seja* um dia perfeito.

Dou um tapinha no relógio.

— Será que chegamos a tempo? A cor do anel do humor está indicando *desagradável*?

Mia esfrega a barriga.

— Está *muito* perto.

Ao estender a manta, um pensamento toma conta de mim: se essa fosse a história de outra pessoa, a garota teria caído do tronco, eu a teria salvado, seria o herói, e teríamos compartilhado um momento. Mas o nosso momento aconteceu antes que ela plantasse bananeira sobre um tronco. Ele ocorreu na trilha, quando Mia me abraçou inesperadamente e, por alguns segundos fantásticos, tive a prova de quão bem nós nos encaixávamos.

Desembrulho a comida me perguntando se experimentaremos mais momentos, ou se hoje é tudo o que tenho antes que precise levar a sério a ideia de desistir dessa paixão louca de uma vez por todas.

5

— **ESTOU CHEIA** — **MIA REVELA, GEMENDO.**
— Como isso é possível? — Me inclino para trás sobre a manta vermelha quadriculada estendida na grama. — Você não comeu quase nada.
— Não é verdade. Para que fique registrado, devorei a surpresa de morango, as amêndoas, o queijo gouda, as bolachas e as azeitonas. Tudo, menos o peru defumado.
— Você se dá conta de que simplesmente recitou petiscos? Foi só o que comeu: petiscos. E não uma refeição.
— Agora você tem algo contra petiscos? Você é antipetiscos?
— Muito pelo contrário. Acho que eles estão entre as maiores alegrias da vida.
Ela se apoia nos cotovelos, com as pernas esticadas à frente, cruzadas na altura dos tornozelos, e dirige o olhar para mim.
— E quais são as outras?
— Sexo — respondo, olhando-a nos olhos.
Inicialmente, Mia fica impassível e, depois, irrompe em uma gargalhada.
— Bem, sim... Mas o que mais?
— Isso não é suficiente para você? — pergunto com os olhos arregalados.
— Você disse "alegrias", no plural. Estava esperando ouvir as outras.
— Ah, um simples mal-entendido. Veja, a resposta foi no plural porque comigo o sexo é tão bom que se multiplica — prossigo, erguendo e baixando as sobrancelhas rapidamente, em um gesto de insinuação sexual.
Mais uma vez, Mia permanece impassível. Depois, todo o seu corpo começa a tremer. Estamos falando de uma gargalhada da cabeça aos pés.
— Você parece o meme do canguru sujo, agora. Sabe do que estou falando?
— Por mais estranho que pareça, não estou familiarizado com o marsupial obsceno.

— Na realidade, ele é um marsupial babaca — ela corrige. — Enfim, trata-se de um canguru estranhamente musculoso, deitado, que parece um astro pornô dos anos 70, todo polido e metido, dizendo coisas como: "Ei, garota, você já ficou embaixo?".

Coço o queixo.

— Então, o que você está dizendo é que sou um canguru babaca e que você não gosta de sexo que se multiplica. Basta uma transa.

Mia me observa com um olhar do tipo *você deve estar brincando* e se senta reta para cutucar o meu cotovelo.

— Isso foi por você dizer algo ridículo. Com certeza, gosto de multiplicação. É minha operação favorita de aritmética. — E me dá uma piscadela muito marota que deflagra uma nova rodada de luxúria em mim, e fico imaginando a aparência dela depois de dois orgasmos vezes dois.

A resposta? É assim que se parece um dia perfeito.

Deixando-se cair para trás, Mia respira fundo e ergue o rosto para o céu, como se estivesse se embebendo dos raios do sol. Ela projeta seu abdome sarado e incha as bochechas.

— Mas talvez não haja plurais ou multiplicação para mim quando tenho um bebê de petiscos crescendo na barriga.

Faço um ar de espanto. Seu abdome é uma tábua. Uma tábua sensual e atraente que quero beijar em todos os lugares. Sim, isso é o que Mia faz comigo. Deixa-me excitado, pensando em beijar seu abdome em forma de tábua.

— Você nem consegue fazer a barriga parecer cheia.

— Sim, consigo — ela afirma, bufando e se esforçando para fazer a sua parte do meio arredondar. — Você conseguiria sentir os petiscos crescendo dentro de mim.

Estendo um braço para acariciar seu abdome, desejando por um momento senti-lo sob circunstâncias diferentes. Porém, não sou pervertido o suficiente para ficar excitado com seu abdome de faz de conta. O lado pateta dela? Essa é inteiramente outra questão. É cativante e, reconhecidamente, sedutor.

Gostaria que não fosse.

— Tem um bebê de peru defumado dentro de você? — Mia pergunta, em um tom bastante sério.

Dou uma palmada no meu abdome.

— Pode apostar.

— Você acha que Zeus tem um bebê de atum em seu abdome peludo?

— Sem dúvida. — Olho para Zeus, refestelando-se em um estado de coma de atum. Pego a lata vazia do peixe do lado dele e a colo no saco de lixo.

— Enfim, posso falar sério por um instante?

Aponto o polegar por cima do ombro, como se estivesse gesticulando para o passado.

— Você não estava falando sério lá atrás, Mia?

Ela acha graça.

— O que eu queria dizer é o seguinte: muito obrigada, Patrick. Eu estava estressada, e o tempo que passei aqui hoje aclarou as minhas ideias. Sinto que posso voltar e enfrentar os problemas. Durante nossa caminhada, pensei em diversas possibilidades em termos de novos fornecedores baseados na região.

Esse pedaço da informação me atiça.

— Quer dizer que você acha que vai passar mais tempo em Nova York?

Mia dá uma risada do tipo *eu gostaria*.

— A maior parte do meu trabalho pode ser feita a distância. Dê-me uma tela e pronto. Não preciso de mais nada. Mas lhe agradeço por me incentivar a matar aula hoje. Eu precisava disso, e imagino como isso é benéfico quando você lidera grupos corporativos. Eles podem tirar muito proveito dessa atividade.

— Quero crer que sim. Mas depois daquele jogo motivacional de uma pessoa cair de propósito esperando que os demais a segurem, é claro.

Mia junta as mãos em forma de oração.

— Por favor, me diga que você não faz esse tipo de coisa.

— Qualquer guia que trabalhe para a minha empresa assina dois contratos: não transar com a clientela e jamais fazer esse tipo de jogo.

— Você precisa ter padrões.

— Também quero te agradecer, Mia — falo sério agora, com o sol brilhando acima de nós, aquecendo a minha pele, banhando nós dois no seu brilho vespertino. Tenho sorte por meu negócio de retiro corporativo ter crescido nos últimos anos. Muitas empresas nos contratam para passeios de um dia para seus funcionários, para expedições de *rafting* e retiro de canoagem de fim de semana. É legal observar os funcionários se unirem. — Os relatórios dessa área da empresa têm sido excelentes. Afirmam que as viagens promovem vínculos, melhoram o moral e ajudam os funcionários a se ajustarem melhor às mudanças nas suas empresas. Não quero soar como um disco riscado, mas acho que às vezes esquecemos que o nosso corpo foi criado para ser ativo. Pensamos melhor quando andamos, corremos, nos alongamos ou nos curvamos.

Mia me dá um grande sorriso que mostra as suas covinhas, aquelas covinhas adoráveis que me comovem toda vez que as vejo.

— Adoro que você tenha transformado a sua paixão nesse megassucesso.

— Bem, Zeus ajudou. — Tenho que dar crédito a quem é devido.

Mia se senta reta, estendendo-se para acariciar Zeus, que se aquece ao sol.

— Acho que ele teve uma boa ideia. Podemos tirar uma soneca?

Como se ela quisesse enfatizar o seu argumento, Mia abre a boca no maior bocejo que já vi.

— Uma soneca é sempre uma boa ideia. Só tenho uma regra: é preciso fazer isso em uma barraca.

— Você tem uma?

Surpreso, dou uma piscada.

— Desculpe, o que disse? Se eu tenho uma barraca? As embalagens de comida para viagem desdobradas viram pratos?

Em avaliação, Mia semicerra os olhos.

— Caramba! — ela diz e, curiosa, franze a testa. — Quando as embalagens de comida para viagem começaram a virar pratos?

— Acho que é assim desde sempre. Contudo, na minha opinião, elas funcionam muito melhor dobradas.

— É verdade, elas funcionam muito melhor dobradas. Tão bem que não sei por que alguém desdobraria a embalagem. Mas a respeito da sua tenda...

Dou um sorriso malicioso porque não consigo resistir à insinuação. Dirijo o olhar para a virilha, e Mia fica vermelha por um segundo.

— *A sua barraca.* A que trouxe com você. Você tem mesmo uma barraca na mochila?

— Mia, fui escoteiro e chefe de escoteiros. A gente nunca sabe quando pode precisar de uma barraca. E não aconselho ninguém a tirar uma soneca ao ar livre em trilhas públicas. Mesmo se estivermos basicamente sozinhos. — Aponto para o campo cheio de flores selvagens que reivindicamos como nosso.

Pego a minha mochila e tiro dela uma barraca. Desdobro-a e a monto em menos de três minutos. Com grande interesse, Mia fica observando durante todo o tempo, e, ainda que eu não esteja fazendo algo como construir uma casa ou trocar um pneu, gosto que ela perceba que sou jeitoso. Que estou preparado. E que tenho tudo o que ela pediu. Puxo a ponta da manta, e Mia fica de pé e a entrega para mim. Eu a estendo no chão da barraca.

— Primeiro as damas. — E faço um gesto para Mia entrar.

— Você é um cavalheiro.

Quando ela se deita, tudo em que consigo pensar é que ela não sabe nem a metade de quão cavalheiro estou sendo neste momento.

Porque o que eu quero mesmo é fazer coisas nada cavalheiras com Mia enquanto ela se aconchega ao meu lado em uma barraca minúscula.

6

Conversas com Zeus, o gato

COM A BARRIGA CHEIA DE PEIXE E UM LUGAR NA MANTA AQUE-cido pelo sol, o gato estava pronto para mais uma soneca. Ele ainda não alcançara a sua cota total de sono do dia. Precisava recuperar o atraso para que pudesse ficar plenamente descansado para dormir mais no dia seguinte. O homem dormia profundamente, e o gato pensou em se colocar junto à cabeça do seu dono. Na certa, o homem dormiria melhor com um gato enrolado em torno de si. Mas então a mulher se virou de lado e o contemplou com os olhos arregalados. Ela iria encará-lo? Um gato?

Tente.

Mas, em vez disso, ela massageou entre as orelhas dele.

Ah, querida... Faça isso de novo.

A mulher obedeceu, acariciando-o ainda mais. Para demonstrar toda a sua alegria, ele ronronou para ela.

— Você é barulhento — ela murmurou. Levantando a mão, coçou o queixo dele. — E é muito bonito.

Sim, continue assim.

— Vocês são um par perfeito — a mulher afirmou, com os olhos passando do felino para o dono dele.

Ele ronronou mais alto, esperando que a mulher falasse mais alguma coisa.

— Uma dupla de galanteadores. — Ela suspirou, acariciando o dorso dele. — O que uma garota deve fazer?

À medida que ela sussurrava, os pensamentos do felino se deslocavam para uma certa gata malhada do 9º andar, que talvez quisesse compartilhar uma lata de atum com ele em algum momento. Ele precisaria convencer o seu dono a fazer uma viagem de elevador até o andar dela. Ele gostava dos bigodes dela. Assim como da sua cauda.

43

Os olhos da mulher se voltaram para o homem de expressão serena, cujo peito subia e descia.

— Se as coisas fossem diferentes... — Ela tornou a suspirar. — Então talvez...

A mulher massageou a barriga peluda do gato.

— Mas não sei como fazer tudo funcionar.

Tão gostoso... A massagem foi incrível. Ele ignorou o solilóquio da mulher, e, finalmente, ela parou de falar.

O homem sussurrou, esticando os braços sobre a cabeça, mas ainda continuou dormindo. Os olhos da mulher se arregalaram quando a camiseta do homem subiu. Ela precisou tomar fôlego ao contemplar o abdome chapado. Por um bom tempo, ficou a contemplá-lo, como se fosse um pássaro que ela quisesse devorar.

Bem, aquilo fazia sentido.

Os pássaros eram muito apetitosos.

Alguns minutos depois, a mulher adormeceu, enroscada no pássaro que ela queria comer.

7

A PELE QUENTE PRESSIONA A MINHA. A RESPIRAÇÃO SUAVE vibra no meu ouvido. O corpo em que eu mais quero pôr as mãos está ao meu lado.

Tortura.

Meus olhos se entreabrem. Aqui estou, na barraca com Mia. Uma atraente perna feminina está jogada sobre a minha, e um braço sarado, caído sobre o meu abdome. As pálpebras de Mia tremulam, e os seus lábios se contraem. Ela está à beira de um sonho, suspeito.

Não me mexo por alguns momentos. Em vez disso, imagino esse momento se desdobrando muitas vezes. Acordar ao lado de Mia. Ter permissão para tocá-la. Poder puxá-la para mais perto e tomá-la nos meus braços.

Como ela fez comigo.

Mas isso é algo que a Mia dos Sonhos fez. Por mais sedutor que seja esse cenário, eu me forço a me concentrar em como isso não é a realidade.

A perna sobre a minha? Não significa nada.

O braço sobre o meu? Não me diz nada.

Viro a cabeça e procuro por Zeus. Ele me olha, como se conhecesse todos os meus segredos.

Bem, o cara conhece. Os animais de estimação sabem tudo. Se gatos e cachorros falassem... uau, estaríamos encrencados!

Vislumbro um lampejo prateado, e os meus olhos se voltam para o brilho metálico. Que inferno! A camiseta de Mia está erguida até o umbigo e revela um *piercing*: um pequeno haltere constituído de uma haste prateada e duas esferas roxas nas extremidades. Eu gostaria de dizer que é a coisa mais sexy no corpo dela, mas então avisto algo ainda mais quente.

E ao mesmo tempo ainda mais atraente.

Junto ao osso do quadril há uma tatuagem de raposa. O desenho do animal é inconfundível, desde as orelhas pontudas até o rabo peludo. É do tamanho de uma moedinha; uma das menores tatuagens que já vi.

Essa mulher será a morte de toda a minha contenção. Quero muito passar um dedo por aquela tatuagem, para ver o corpo dela se arquear com aquele leve toque e senti-la tremer enquanto traço as linhas do rabo.

Ergo a mão e a deixo pairar acima de Mia, e me sinto tentado, muito tentado.

Então, ela suspira, e uma sensação de que *não quero ser pego em flagrante* se apossa de mim. Afasto a mão, passando-a casualmente pelo meu cabelo, e bocejo.

— Acabei de acordar — digo com minha melhor voz grogue.

— Eu também — ela afirma, com a voz rouca, bastante sonolenta e sexy.

Mia olha para baixo e se dá conta de que está enroscada em mim.

— Ah, desculpe...

— Sem problema.

Mia tira a perna de cima da minha e depois move o braço. Ela o detém no meu abdome, dando uma palmada nele.

— Gosto do seu bebê de petiscos.

Dou uma risadinha.

— É muito... firme.

Meu Deus. Essa não é a única parte minha que é firme.

— Sinta-se à vontade para realizar um teste completo de firmeza.

— Como se seu abdome fosse um colchão?

— Bem, me parece que você dormiu sobre mim...

— Não é estranho que eu ache você tão confortável? — Mia pergunta, com uma entonação suave.

— Sou *normal* e *confortável.* Você também gostaria de me dizer que sou confiável?

Ela gira o pescoço para me encarar, erguendo e baixando as sobrancelhas rapidamente, em um gesto de insinuação sexual.

— E pontual também.

Impaciente, olho ao redor.

— Ótimo. Beleza.

Mas talvez seja ótimo, porque a mão de Mia ainda está no meu abdome, e sem se mexer. E eu também não estou me mexendo. Estou deitado quieto, observando os dedos dela esticados na minha barriga, imaginando todas as direções que a mão dela pode seguir. Para cima, seria bom. Não há objeções ali. Ela deveria se sentir à vontade para explorar o meu peitoral. Todavia, para baixo seria ainda melhor. Eu gostaria mesmo de ver como a mão dela ficaria deslizando por baixo do meu short. Dirigindo-se para a esquerda. Envolvendo o meu...

Opa! Não é isso que eu quero.

Não me entenda mal: quero sentir aquelas mãozinhas aveludadas no meu pau. Mas, acima de tudo, quero senti-la. Quero tocar aquela tatuagem de raposa e depois passar a língua pelo seu ventre, pelos seus seios, pela sua cavidade da garganta, pelo seu pescoço tentador. Quero me virar, me colocar em cima dela, prender os seus pulsos acima da cabeça e depois dizer quanto quero tê-la debaixo de mim desde a noite em que a conheci, no apartamento do seu irmão.

E se ela quiser a mesma coisa que eu quero... eu me conheço. Não ficarei satisfeito com petiscos de Mia. Vou precisar da refeição completa. Droga, quero o cardápio completo de Mia!

Mas os quilômetros entre nós...

São milhares. Eu tenho experiência. Já namorei. Tive namoradas sérias. E aprendi isto: a proximidade é importante. É bem possível que seja o elemento fundamental de um relacionamento. O casal tem de estar junto, tem de se ver. Não quero depender de mensagens de texto e ligações telefônicas. Quero noites, manhãs e também fins de semana. Talvez isso me torne mesquinho, mas tenho 33 anos, e não estou mais interessado em uma aventura. Não quero uma mulher em tempo parcial. Estou pronto para ir com tudo.

Como eu e Mia podemos ir com tudo se moramos em estados diferentes? Sim, costumo passar algum tempo na Califórnia de vez em quando a trabalho, e, alguns meses atrás, fiquei um bom tempo por lá. Mas, como contratei um gerente da Costa Oeste, não tenho muitos motivos para voar para lá todo fim de semana.

Contra todos os meus desejos, sento-me reto, e a mão dela desliza para longe de mim. Mia esfrega uma mão na outra e olha na direção da entrada da barraca.

— Devemos ir — digo.

— Já é tão tarde assim?

Balanço a cabeça, verificando a posição do sol por meio do padrão exposto no alto da barraca.

— Deve ser pouco mais de uma da tarde. Mas precisamos descer, e você tem a sua teleconferência.

Mia resmunga:

— Eu devia ter cancelado essa teleconferência.

Rio baixinho, mas não digo *eu te disse*. Se ela precisa participar da teleconferência hoje, meu trabalho é levá-la para casa. Mia ajeita a camiseta e junta os nossos pertences.

Refazemos a nossa rota, mas desta vez somos mais rápidos e menos tagarelas. Não fazemos paradas para abraços ou conversas profundas. Permanecemos muito sérios, e não tenho certeza se é porque tirei a mão dela de cima de mim ou se simplesmente mudamos de ideia. Talvez não haja mais nada a dizer. Isso não seria bom? Não seria maravilhoso descobrir que não tenho mais nenhuma conversa para compartilhar com essa mulher? Esse é o meu novo sonho: que, depois deste dia, eu tenha esgotado o meu interesse nela.

Então, Mia não terá tanta presença nos meus pensamentos.

Dentro do Jeep, Zeus se acomoda no banco de trás e cai no sono, enquanto me afasto da trilha em direção à estrada que nos levará de volta à cidade.

— Patrick... — Mia diz após alguns quilômetros penosamente silenciosos.

— Sim? — Seguro o volante com mais força.

— Ser normal não é uma coisa ruim.

— É mesmo?

— Nem ser confortável.

— Sério?

— E tampouco ser confiável.

— Sim, eu entendo. — Exalo um suspiro exasperado. Ainda preferia que ela tivesse escolhido outros adjetivos.

Mia tamborila no painel.

— Há um ano eu namorei um cara que sempre dizia que ia aparecer, mas vivia se atrasando. Às vezes, depois de fazermos planos, Zach simplesmente dava o cano.

Odeio esse Zach.

— E?

— Terminei com ele.

— Quer dizer que está procurando um cara pontual? — pergunto, com uma ponta de esperança dentro de mim. Sou excelente em chegar na hora certa.

Mia faz que não com a cabeça.

— Não é isso que estou dizendo. E não estou à procura de alguém que apareça às 7 da noite em ponto. É que... — Ela desacelera, dá um tempo. Em seguida, prossegue, com a voz um pouco vacilante: — Estou dizendo que você fala sério. E gosto disso. Você faz o que diz. Você não dá o cano.

— Isso parece um nível básico de aceitabilidade, Mia — afirmo gentilmente, mas com firmeza, para expressar o meu ponto de vista. — Aliás, por que você, minha irmã ou qualquer mulher deve sentir que tem que ficar feliz se um cara simplesmente mantém a palavra? Será que todos nós não devemos fazer isso?

— Sim, é claro. Mas não é isso que estou querendo dizer.

— E o que é, afinal?

Mia bufa.

— Que ser normal é incrível. Um cara normal é o que todas nós queremos. — Ela passa a mão pelas ondas de cabelo cor de mel. — Mas é difícil de encontrar. Meu Deus, você devia ver os caras por aí...

Por um instante, eu a imagino em um encontro com outro sujeito, um idiota sem nome e sem rosto, e as minhas palavras escapam mais ásperas do que eu gostaria:

— Por favor, conte-me mais sobre os homens que você namora.

Mia se encolhe e, em seguida, me olha.

— Ei! Você está com ciúme?!

Sim, estou. Sinto ciúme de Zach. Sinto ciúme de quem veio antes e de quem veio depois de Zach. Sinto ciúme de qualquer cara que tenha saído com ela para algo mais do que tomar um maldito café.

Depois de hoje — as coisas que compartilhamos, as piadas que contamos, os medos que expusemos —, qual é o sentido de manter essa bola traiçoeira de ciúme rolando no meu peito em segredo? Eu deveria responder que sim. Deveria admitir.

Por um momento, desvio a atenção da estrada e olho para ela. E nos seus olhos castanho-claros vejo o seu espírito amável, o seu bom coração, o seu excelente senso de humor. Relaxo, segurando o volante com menos força. A minha tensão diminui. Não preciso arruinar a nossa amizade com uma confissão inapropriada.

— Está tudo bem, Mia. Continue falando desse lance do cara normal — digo, mantendo a calma.

Mia pigarreia.

— Bem... é que eu conheci muitos caras estranhos. Estranhos em relação a compromissos, a limites e à verdade. Não quero dizer estranhos como se eles tivessem manias engraçadinhas como cantarolar o hino do time de futebol sem nem perceber.

Endireito os ombros.

— Isso não é estranho. Isso é normal.

— Com tanta música boa pra cantarolar...

— E eu nunca vou entender por que as mulheres não podem apagar a luz quando vão de um aposento para o outro. Basta desligar um interruptor. — Imito alguém apagando uma luz. — É tão simples. E, quanto a cantarolar o hino do time, trata-se de uma pequena homenagem a uma grande paixão. Então, tente novamente explicar essa coisa de "não normal".

Mia dá um sorriso malicioso.

— Você não está entendendo. Eu *gosto* de caras normais. Muito. A coisa que mais quero é um cara normal.

Espero que Mia continue, para revelar mais coisas. Mas ela permanece calada. Ela não diz que me quer. Que eu sou o cara normal que ela quer.

Talvez esse seja o momento da verdade. É disso que preciso para tirar essa luxúria idiota da minha frente. De fato, hoje foi exatamente o que eu precisava. Uma dose fria de realidade.

Ligo o pisca-pisca para a direita, e rumo para a ponte que nos levará de volta a Manhattan. Mexo no rádio e sintonizo uma estação que toca música indie. Uma canção alto-astral começa a tocar enquanto o carro passa pela cabine de pedágio e sobre a água.

Por um momento, o medo primitivo de cair na água se apossa de mim, mas a música o expulsa. Giro o botão e aumento um pouco o volume. Então, Mia coloca a mão sobre a minha.

Eu me encolho por um instante.

Ela vira minha palma e entrelaça os nossos dedos.

Prendo a respiração.

Por alguns momentos, nem tento exalar o ar dos pulmões. Nem tiro os olhos da estrada. Os dedos de Mia apertam os meus, mas, finalmente, relaxo.

Não há nenhuma razão terrena que explique por que dar as mãos é tão bom.

Mas é.

Parece melhor que bom.

É surpreendente.

Atiça o fogo dentro de mim, ainda mais quando Mia acaricia a palma da minha mão com o seu polegar. Todos os motivos que recitei na barraca

8

COMO EU DISSE, A PROXIMIDADE GERALMENTE TRIUNFA.

Nesse caso, não se trata só de superar os milhares de quilômetros que costumam nos separar, mas também de esmagar toda contenção que eu possa ter tido.

Não há milhares de quilômetros agora. Essa é uma batalha de centímetros. E eu estou perdendo.

E de bom grado, porque o meu pulso está aceleradíssimo, e a minha pele quente apenas por estar perto dela.

— Então, o que acha... você e eu? É uma má ideia?

Mia balança a cabeça.

— Não é nada má, de jeito nenhum. — Ela engole em seco. — É uma boa ideia?

— Talvez a melhor ideia?

— Seria? — ela murmura.

— O que acha?

Mia está respirando com dificuldade, e adoro isso. Ela morde o lábio e fica vermelha.

— Quer saber o que eu acho?

— Você sabe que sim.

Ela estende a mão e a coloca delicadamente sobre o meu peito, pressionando os dedos contra o meu peitoral. Mesmo com a barreira da minha camiseta, o toque dela desencadeia uma resposta instantânea: uma onda de desejo em cada átomo do meu corpo.

— Às vezes, eu gostaria que você ainda visitasse San Francisco — ela afirma. — Gostei das poucas vezes que saí com você lá.

Jogamos bilhar certa noite quando voei para San Francisco a caminho de uma excursão para o lago Tahoe. Em outra ocasião, antes de me encontrar com o cara que contratei como meu gerente na Costa Oeste, levei Mia à sua lanchonete preferida na hora do almoço para comermos *paninis* de tomate e mussarela. Foi quando tomei conhecimento do impressionante apetite dela. Ou de quanto o seu olho é maior do que a barriga; essa barriga que quero tocar, e para o que finalmente tenho permissão. Corro as pontas dos dedos pelo tecido que cobre o seu abdome, e ela ofega: um som grave e sensual, que não deixa espaço para discussão. Ela curte isso.

— Com certeza, eu gostaria que você viesse mais para Nova York. — A minha mão segue até o seu braço, e os dedos roçam a sua pele nua, que fica toda arrepiada.

Ela se sente muito bem com o toque. Os seus olhos se fecharam por um segundo, talvez mais. Ao abri-los, estão ardentes de luxúria.

— Eu queria que você não fosse amigo do meu irmão — ela afirma, com um tom inesperadamente sombrio.

Isso me faz parar. Não vejo por que Max seria um problema. Não para nós. Max não é do tipo idiota territorial, e eu não sou alguém com quem ele precisa se preocupar em relação à sua irmã.

— Por quê? — pergunto, mostrando-me surpreso.

Mia balança a cabeça. Há algo que ela não está me dizendo.

— Isso só torna as coisas mais difíceis.... E outros motivos. — Ela prefere não entrar em detalhes.

Não sei se quero que Mia elabore os pensamentos neste momento. Não quando finalmente estamos falando coisas que eu queria dizer e ouvir em voz alta.

Além disso, conhecemos todos os fatos importantes da situação, sobretudo os desagradáveis.

E, mesmo assim, ainda estamos aqui, com quase nenhum espaço entre nós, com o elevador subindo, apitando baixinho ao passar pelos andares.

— Sempre há motivos. — Estendo a minha mão até o cabelo dela, afastando-o da face. Ela se mexe comigo, com o rosto seguindo a palma da minha mão, e o olhar mais desesperado cruza os seus olhos. Como se ela não suportasse não ser tocada neste momento. — Mas esses motivos são mais poderosos do que o fato de que eu gostaria muito de beijar você agora?

Meus músculos relaxam e um calor toma conta de mim. É um alívio espetacular dar voz a como me sinto e também exibir uma enorme excitação. Agora ela sabe. Não estamos mais jogando pôquer, segurando as nossas cartas perto do colete. Ainda não sei quanto um de nós está disposto a apostar e a perder, mas estamos no mesmo jogo de cartas.

Mia está tremendo, e logo diz com a voz baixa e convidativa:

— Me beija.

Sim e é pra já.

Seguro o seu rosto e deslizo o polegar pela sua pele, e é como se ela se dissolvesse, como se flutuasse, e consigo sentir quão incrivelmente mútua é essa atração.

Porém, Mia também é incrivelmente baixa, e, quando alinho o meu corpo com o dela, minha ereção toca o seu umbigo. Esse não é o maior problema, embora seja *grande*. A questão é que tenho mais de uma cabeça de altura em relação a ela. Dou um beijo rápido no alto do seu cabelo, rindo, para enfatizar o que quero dizer.

Mia também acha graça.

— Você é 30 centímetros mais alto.

— Mais de 30 centímetros. — Então, levo as minhas mãos aos quadris de Mia e a ergo, acomodando o seu traseiro no corrimão do elevador. Mia deixa escapar um gritinho. Com o canto do olho, vejo o número 15 acender no painel dos andares.

Vai ser um beijo bem rápido.

Mas eu o darei. Estou a centímetros dos seus lábios aveludados e sensuais. Ela os entreabre, e eu fecho os olhos, mergulhando minha boca na dela.

Então, o elevador desacelera.

No 17º andar.

Eu gemo e bufo de raiva.

Mia estremece, como se *não* beijar fosse tão doloroso para ela quanto para mim.

As portas se abrem rapidamente.

Mia desliza para fora do corrimão, e os seus pés alcançam o assoalho quando uma mulher de 40 e poucos anos entra no elevador, carregando diversas sacolas de lona vazias. Ela usa óculos azuis, e o seu cabelo preto está preso no alto da cabeça em um coque. Por meio de fones de ouvido, ela ouve algum tipo de música barulhenta e dança, agarrando com força o seu celular. Nos cumprimenta com um rápido aceno de cabeça. Quando as portas se fecham, a mulher aperta o botão para descer. Então, resmunga baixinho, provavelmente por perceber que entrou no elevador que está subindo.

Suspiro com força, porque ela não vai no mesmo sentido que nós, tampouco precisa desse passeio de elevador.

Olho para Mia, bem ao meu lado. Ela passa a mão pelo cabelo para ajeitá-lo, embora eu não tenha conseguido bagunçá-lo como queria.

Mia encolhe os ombros e dá um sorriso do tipo *o que podemos fazer?* quando o elevador desacelera, aproximando-se do meu andar. Então, ela fica na ponta dos pés e me beija no queixo. Agora é a minha vez de sentir um calafrio, porque... Puta merda. *Aqueles lábios.* Quero senti-los em mim. Eu a encaro nos dois últimos segundos da viagem, com os meus olhos procurando dizer tudo.

Eu a quero muito.

O 20º andar chega rápido demais. Pego a minha mochila com o meu gato nela e tiro o boné para cumprimentar Mia em despedida.

— Hora da sua teleconferência, Lebre. Não quero que se atrase.

Mia sorri.

— *Atencioso.* Você também é atencioso.

Desta vez, considero isso como um elogio, porque, vindo de Mia, sei que é.

9

EU GOSTARIA DE DIZER QUE MAIS TARDE CONTINUAMOS DE onde paramos, mas isso não acontece. Em vez disso, saio para dar um passeio de bicicleta para queimar todo o excesso de energia. É a minha versão de tomar um banho frio.

Pedalo pela trilha do rio Hudson sobre uma bicicleta customizada de quadro de titânio que o meu amigo Carlos me enviou, avaliando o que fazer a seguir.

Bem, a próxima atitude a tomar pela Lei do Cara Competitivo é ultrapassar o ciclista na minha frente. Faço isso com uma rápida explosão de adrenalina, deixando o sujeito de camiseta amarela com mais do que suficiente oportunidade para apreciar a vista do meu pneu traseiro.

Com o caminho livre adiante, procuro abordar o dilema de Mia como uma trilha na qual estou guiando alguns novatos. Continuo seguindo por esse caminho? Ou é hora de virar à esquerda e me afastar das minhas ideias preconcebidas de como um relacionamento deve se desdobrar?

O elemento surpresa, porém, é ela. A presença dela.

E isso muda o jogo.

Mia estará na cidade pelos próximos oito dias, e se encontra hospedada a apenas cinco andares de mim. Teoricamente, posso vê-la todos os dias. Podemos começar um curso intensivo, examinando se somos uma boa ou uma má ideia. Posso levá-la para sair todas as noites, planejando coisas que sei que ela iria gostar. Ir com tudo durante oito dias. Deve ser tempo suficiente para descobrirmos o que diabos fazer com toda essa tensão entre nós.

Mas, quando ultrapasso outro ciclista — vou ter de dizer para o Carlos que a sua bicicleta customizada combinada com uma boa e velha energia é um combo vencedor —, me pergunto o que realmente mudou nesta tarde no elevador.

Não muito, para ser honesto.

De fato, a única coisa que mudou é a informação. Tenho provas de que ela também sente tesão por mim. Ip, ip, urra! Mas isso não resolve o grande obstáculo entre nós: a maldita distância gigante.

Ou resolve?

Os milhares de quilômetros realmente importam?

Acho que vou ligar para a minha irmã e pedir conselho. Talvez eu descubra se ela já juntou com sucesso um homem e uma mulher que moram tão longe um do outro. Muitas semanas atrás, Evie perguntou se alguma vez houve algo entre mim e Mia, pois notara o jeito como eu olhava para ela no jantar festivo.

Mas minha irmã estará fora da cidade durante o fim de semana com o seu novo namorado, e, agora que ela finalmente encontrou um companheiro, não quero interromper. Preciso fazer essa escolha por conta própria. Vale a pena tentar algo enquanto Mia está aqui pelo resto da semana?

Enquanto queimo o resto dessa luxúria, sinto que estou perto de uma resposta.

Contudo, ao voltar para casa, a decisão é arrancada de mim. Cortesia de um chamado de emergência do meu gerente na Costa Leste.

Harvey contraiu uma intoxicação alimentar! E a viagem da Greenstone-Harrington Capital para as corredeiras começa amanhã à tarde.

Atônito, passo a mão pelo cabelo. Harvey é o meu guia mais experiente. Isso significa que acabei de agendar uma viagem para fora da cidade, e isso também significa que não há nenhuma chance de ficar com Mia esta semana.

Respondo ao meu gerente dizendo que vou substituir Harvey. Esse é o meu trabalho. Não criei essa empresa para ficar sentado atrás de uma mesa e dizer para as outras pessoas aonde ir, como um controlador de tráfego aéreo. Minha função é a do piloto, pilotando o maldito avião.

É estar do lado de fora.

De preferência, porém, não durante a semana em que a mulher pela qual sou louco está na cidade. Mas é assim mesmo.

Desabo no sofá com o meu gato no colo e ligo para o meu amigo Carlos na Califórnia:

— A sua bicicleta é do cacete. Deixei para trás uns vinte caras, incluindo uns sósias de Lance Armstrong.

Carlos dá uma risadinha.

— Apenas o melhor para você. E como os outros modelos estão se saindo para o seu negócio? — ele quer saber, já que fiz um estoque dos seus modelos mais baratos para os passeios de bicicleta que lançamos recentemente.

— Os clientes adoram as bicicletas. Alguns até disseram que querem comprar uma. Então talvez você me deixe usar a sua cabana no Blue Canyon da próxima vez que eu for para a Califórnia. Pode ser a minha comissão.

— Ah, eu não a empresto para ninguém. Ela é o meu xodó.

Estalo os dedos.

— Droga! Como seria bom se houvesse algo que eu pudesse fazer para te convencer... Como, digamos, comprar outras doze bicicletas suas para a Costa Leste.

Carlos fica em silêncio por alguns momentos. Então, pigarreia e diz:

— O que eu acabei de dizer? Acho que falei que você pode usá-la na sua próxima viagem para o lago Tahoe.

Esboço um sorriso largo e estendo os braços na parte de trás do sofá.

— Excelente.

Quando desligo o celular, vejo uma mensagem de Mia. Então, o meu coração bate no peito como uma bola de tênis. Meu Deus, essa garota acaba comigo!

> **Mia:** No jantar. Ainda pensando em boas e más ideias. E você?
> **Patrick:** Só consigo pensar em ideias. Você já chegou?
> **Mia:** Sim, já. Espero que as compras daquela mulher sejam deliciosas, já que ela nos fez perder uma chance no elevador.
> **Patrick:** Sim, eu também. Sinta-se à vontade para dar uma passada aqui mais tarde.

O meu dedo paira sobre a última mensagem por mais alguns segundos. Por fim, pressiono o botão de enviar, embora o que escrevi seja demasiado insistente, demasiado sugestivo.

Talvez seja, já que a resposta de Mia fica num meio-termo.

> **Mia:** Quem me dera... O jantar está atrasado. Mas estamos nos divertindo!

Coço a nuca e suspiro. Quero dizer para ela que vou esperar. Mas isso parece muito idiota. E não é aí que estamos. Não chegamos ao ponto do *Eu vou esperar por você.*

De fato, não estamos em nenhum lugar no roteiro do relacionamento.

Voltamos para onde nos encontrávamos ontem. Amigos que nunca se beijaram.

ZEUS EMITE O SEU MIADO DE DESAGRADO QUANDO ME DIRIJO para a porta.

Os seus olhos verdes se estreitam no instante em que ele solta um miado carente e desconfiado, que se traduz vagamente em *O que pode ser mais atraente lá fora do que passar o tempo comigo aqui?*.

Ajoelho-me e coço o seu queixo.

— Cara, sinto muito. Preciso ir.

Outro miado pungente deixa claro como Zeus abomina a ideia da minha partida.

Mas aquela massagem no queixo é tão boa que ele deixa escapar um pequeno ronco, ainda que seja claramente contra a sua vontade.

— Você ficará bem. Daisy virá duas vezes por dia para te dar comida — afirmo, lembrando-o de que a sua babá favorita vai aparecer para visitas regulares. — Você gosta muito dela.

O rabo de Zeus se mexe como quando ele está irritado por eu não tê-lo alimentado, quando um pássaro aparece do outro lado do vidro e quando parto para uma viagem.

— Volto em alguns dias. — Massageio Zeus entre as orelhas, e ele arqueia as costas e ronrona alto. Estou perdoado. Por um segundo.

No elevador, consulto o meu celular e encontro uma mensagem perdida da noite anterior.

É de Mia.

É a foto do canguru babaca que ela mencionou. No entanto, ela editou o meme. O canguru agora tem seios e usa um biquíni branco e batom vermelho. A legenda diz em letras brancas: "Ei, cara, quer ver a minha abertura?".

Solto uma gargalhada.

O meme é atrevido e bobo ao mesmo tempo.

Espio-o com mais atenção. Mia o enviou depois da meia-noite. E meio que quero analisar o que isso significa.

Mas não analiso.

Às vezes, um meme é apenas um meme.

E às vezes um beijo nunca acontece, e nem mesmo um canguru travestido consegue mudar o resultado.

Além do mais, Mia está ocupada. Droga, eu também estou. Foi para o bem que aquela mulher se colocou entre nós no elevador. Agora, Mia e eu podemos continuar sendo o que sempre fomos: *amigos*. Essa foto de um canguru *drag queen* é a prova de que o melhor a fazer é não irmos além do que somos: *amigos*.

A fila anda, e há muitas mulheres por aí. Caramba, a minha própria irmã é uma casamenteira. Ela pode muito bem me apresentar alguém. No entanto, quando chego à portaria do prédio e caminho até as portas de vidro que se abrem para a calçada, *a* mulher com quem quero ficar está correndo em minha direção.

Mia usa short de corrida verde-neon e regata branca bem justa. Isso é tudo.

Bem, tênis de corrida também, é claro. Mas não me fixo nos calçados durante muito tempo. Observo o seu corpo esbelto, os seus braços sarados, as suas pernas bem torneadas e, depois, a minha parte preferida: o seu rosto. O seu belo e vistoso rosto, todo rosado por causa da corrida matinal.

Mia sorri de alegria ao me ver e praticamente arranca os fones de ouvido.

— Bom dia! — me cumprimenta, com um sorriso jovial e contagiante.

— É um bom-dia, mesmo. O que você está ouvindo?

— Um podcast. — E Mia me mostra a tela. É um programa especializado em empreendimentos.

— Ah, de volta ao modo "só negócios"?

Ela semicerra os olhos e aponta o dedo para mim.

— Sim, mas é bom porque... — E de repente ela se cala. Em seguida, levanta os braços e canta "Ahhh", como se ela fosse um anjo enviado do céu para emitir um pronunciamento divino: — Tive uma epifania.

— Jura?

Mia abaixa os braços e cutuca o meu peito.

— Você tinha razão. Me afastar do trabalho clareou a minha mente. Todas as ideias para o caminho a seguir em relação à Pure Beauty vieram aos montes.

Intrigado, arqueio uma sobrancelha.

— Sério?

— Sim, sério! Eu juro, Patrick. Ontem, tudo chegou ao mesmo tempo para mim num jorro de enlouquecer. E depois as coisas se cristalizaram.

— Como novas linhas de produtos e tudo o mais?

— Talvez. — Mia se mostra um tanto tímida.

— Ah, já sei. São produtos de beleza para gatos, não é?

— Exato — ela afirma com uma seriedade falsa e acaricia o rosto. — Vai deixar o pelo deles ainda mais macio.

Então, Mia percebe a bagagem na minha mão e nas minhas costas.

— Você está indo viajar?

Faço que sim com a cabeça.

— A trabalho.

O sorriso dela desaparece.

— Por quanto tempo?

— A maior parte da semana.

— Você não estará por aqui nos próximos dias?

Balanço a cabeça.

— Estarei de volta a tempo para o casamento.

— Uau... — Mia murmura, parecendo desnorteada. A sua reação me intriga, me faz pensar se ela me queria por perto. Mas, antes que eu consiga refletir a respeito, ela dá a impressão de reencontrar o rumo: — E Zeus? Quer que eu cuide dele?

— Ele já está acostumado com uma babá. — Sorrio e cruzo os meus dedos indicador e médio. — Ele e Daisy são unha e carne.

Mia faz cara feia. Um beicinho absolutamente maravilhoso.

— *Por favor*, quero passar um tempo com ele. Zeus é tão fofo. Deixe-me fazer isso. Vou ficar aqui a semana toda. — Mia faz o sinal da cruz junto ao peito: — E juro que não vou examinar o seu armário de remédios.

Dou risada.

— Você é mais do que bem-vinda para conferir a minha pasta de dentes e o meu desodorante.

— Você estragou a surpresa. — Mia bate o pé e contorce um canto dos lábios como se estivesse tramando algo perverso. — Bem, sempre há a sua geladeira.

— Condimentos, Lebre. Condimentos a perder de vista. Todas as variedades de mostarda do mundo estão ao seu dispor. Mas sinta-se à vontade para vasculhar a minha gaveta de cuecas.

Curiosa, ela ergue a sobrancelha.

— Seu anuário do ensino médio está lá?

Suspiro.

— Mia, não tenho uma cópia dele, e você acabou de garantir que Daisy continuará a ser a babá do meu gato.

Chateada, ela põe as mãos nos quadris.

— Prometo que serei boazinha. Eu quero mesmo te ajudar, já que você me ajudou muito ontem. E gosto do... gatinho. — Mia fica na ponta dos pés e se inclina para perto da minha orelha. Assim, com o seu corpo junto ao meu, e depois de ouvir a palavra *gatinho*, eu entrego os pontos.

— Tudo bem. Você pode alimentar Zeus. Enviarei uma mensagem para Daisy para avisá-la de que já tenho tudo sob controle. Vou te dar uma chave do apartamento.

Mia bate palmas.

— Beleza! — Então, o sorriso dela se apaga. — Sobre ontem à noite...

Abano a mão com desdém. Preciso entrar no clima antes dessa viagem para as corredeiras. Não há necessidade de levar alguma bagagem sobre o que não aconteceu.

— Não se preocupe com isso.

— A foto?

— Não — digo devagar, apontando para o prédio. — O elevador, não é?

— Sem dúvida. O elevador.

— Tudo bem. Não importa. — Mantenho isso leve e fácil. Casual mesmo. — Somos amigos, não? Está tudo certo.

Mia pisca como se estivesse surpresa.

— Certo. Amigos.

Cada palavra sai na velocidade de melaço. Ela parece triste a respeito dessa perspectiva, mas não é isso que somos? Quase nos beijamos e, então, ela não apareceu mais tarde no meu apartamento. Nada de mais. Acontece. O elevador foi um bipe, um instante no tempo. Agora, precisamos ser amigos novamente. Amigos que nunca se beijaram.

— Você vai tomar conta do meu gato. Com certeza, somos amigos.

Mia sorri, mas é um tipo de sorriso que nunca vi antes. Um sorriso que não consigo interpretar.

— Somos totalmente amigos. — E ela me dá uma palmada no ombro, como uma amiga daria.

Volto para o interior do prédio, pego a minha chave reserva na portaria e a entrego para ela, junto com instruções sobre como alimentar Zeus. Em seguida, lembro-me de um último detalhe:

— Meu terno volta da lavanderia na quarta-feira. Eles vão deixá-lo na portaria, então... alguma chance de você pegá-lo para mim? Não gosto de deixar as coisas muito tempo ali. Os porteiros são muito ocupados, e as entregas se acumulam.

— Eu posso pegar, sem problema. Você passou o seu dia comigo ontem. O mínimo que posso fazer é pegar o seu terno e alimentar o seu gato. — E Mia volta a sorrir. Um sorriso da mesma variedade irreconhecível. Em seguida, acrescenta: — É o que uma amiga faria.

Ah, entendi. É o sorriso de uma amiga. Fica claro que é isso que vamos ser. Deve ter sido isso que ela preferiu o tempo todo.

Ainda bem que tenho os próximos quatro dias em águas turbulentas para redefinir o nosso relacionamento, devolvendo-o à zona da amizade.

Conversas com Zeus, o gato

ALGUNS DIAS DEPOIS.

Ou, realmente, podem ter sido algumas horas depois. Ele achava mesmo que a sua barriga era maior do que de fato era. Tentou em vão encontrar um rato, até uma toupeira. Na verdade, também não se importaria com uma mariposa como petisquinho. No entanto, o lugar em que morava permaneceu tão enfadonho e livre de ratos como nunca.

Felizmente, quando o sol se pôs, a porta se abriu.

Até que enfim.

Alguém se lembrou de que o gato existia. Com certeza, seria a mulher ruiva com pulseiras que tilintavam sem cessar. Aquela mulher era a pessoa favorita dele. Ela parecia ter um único propósito no mundo.

Servi-lo.

Ele gostava quando os humanos tinham esse propósito.

Mas não foi aquela mulher que entrou. Foi a mulher-pássaro. Aquela que queria mordiscar o homem com quem ele morava.

Bem, olá, senhorita.

O gato se esfregou na perna dela tanto em cumprimento como em uma ordem clara: ALIMENTE-ME AGORA.

— Também é muito bom ver você. — Ela se inclinou para acariciar a cabeça dele. — Senti muita saudade sua. Vou cuidar de você nos próximos dias. Mas prometi a Patrick que seria uma garota muito boazinha. Então, se você me pegar vasculhando as coisas dele, tem permissão para me arranhar.

Ela estava demorando muito. Ele precisava de comida, e precisava imediatamente. Portanto, teria de tentar a outra perna dela. Talvez se esfregar naquela outra ativasse o abridor de latas.

— Ah, você é tão fofo. Quer que eu te pegue?

64

A mulher o tomou nos braços, e ele apoiou a cabeça contra a pele nua do peito dela. Ah, aquilo foi legal. Não era à toa que o seu dono parecia fascinado com aquela região da moça.

— Vou te dar o seu atum e te contar tudo sobre as coisas excitantes nas quais estou trabalhando.

Ela o colocou no chão, e ele começou a andar pelos ladrilhos, esperando, esperando, esperando, enquanto ela entrava na zona de alimentação. O som do metal abrindo o metal soou como uma música alegre. Até que enfim a comida estava chegando.

Ele ficou girando em círculos cerimoniosos, dando voltas, incapaz de conter a excitação.

Ela colocou a tigela no chão, e ele quase chorou de êxtase felino: atum e ração. Comendo, ele ronronava. A mulher se sentou sobre o balcão, balançando os pés, e ficou tagarelando sem parar, talvez para ele:

— Então, é isso que eu quero fazer com a Pure Beauty. Produtos de beleza para gatos. Não é uma ideia brilhante, Zeus?

Por um instante, ela se calou e piscou para ele. Em seguida, sussurrou:

— Mas há outro problema. — O tom dela mudou: — E Eric? — Ela pareceu frustrada, como ele se sentia quando não havia um corpo quente na cama de manhã. — Tenho que contar para ele sobre o que aconteceu com Eric. Mas não quero falar a respeito, porque isso não parece nem um pouco o mesmo. O que sinto por Patrick é completamente diferente. É como dia e noite.

Ela suspirou e ficou quieta por um tempo.

— Mas eu sei que terá de vir à tona. Tenho de ser sincera sobre por que tenho me contido. Você não acha?

Ele terminou o seu banquete, e a moça ficou em sua companhia por mais algum tempo. Ele recompensou a excelente habilidade de abertura de latas dela dignando-se a se sentar no seu colo. Então, ela passou a conversar ao celular com alguém que ela chamava de Felicia, e depois com outra pessoa que ela chamava de Lisa.

Da outra vez que a mulher veio ela trouxe um saco plástico.

— Olhe, Zeus. É um terno. Não é o máximo?

A moça passou a mão pelo saco, quase como se o venerasse. Ele também se esfregou no saco, pois era incapaz de resistir a roupas em sacos plásticos. Ou a sacos, em geral.

— Ver Patrick neste terno vai me dar o maior tesão. Juro, não posso ser responsabilizada pelas minhas ações. Epa... É claro que sou responsável.

Tenho que ser boa. Preciso ser boa. Ainda que aquele corpo neste terno possa muito bem ser a morte completa da minha moderação.

Ela entrou no outro quarto, e ele trotou atrás dela imediatamente, já que a moça pareceu ter se esquecido das suas necessidades.

Bastou um miado, e ele a atraiu de volta para a cozinha, onde ela abriu uma lata e o alimentou.

Em seguida, como sempre, ela começou a falar sem parar:

— Gostaria de saber que gravata ele vai usar. Se ele vai precisar de ajuda para ajeitá-la. Se ele vai precisar de ajuda para tirá-la.

Ele tinha os seus próprios problemas para levar em consideração ao devorar o banquete: truta era mais saborosa que salmão? Cavala era melhor que sardinha? Essas foram as questões interessantes que ele considerou enquanto jantava.

Ela desceu do balcão, olhou para a geladeira reluzente e balançou um dedo para si mesma.

— Pare. Você conhece os riscos. São muito altos. Além disso, ele só quer ser amigo. Não importa se você quer ajeitar-lhe a gravata ou tirá-la.

O estômago dela roncou, e ao gato ocorreu que ela devia passar mais tempo concentrada em caçar a sua presa. A mulher abriu a caixa que continha comida humana, pegou uma garrafinha e beijou a cabeça peluda dele antes de sair da cozinha.

Algum tempo depois, o homem voltou, e o gato, excitado, andou em círculos em torno dos tornozelos dele.

— Ei, amigo, Mia cuidou bem de você? Ela te tratou bem? Contou para você todos os segredos dela?

A resposta do gato foi um ronronar profundo e satisfeito.

Ele era o gato. Isso significava que conhecia todos os segredos deles, mas nunca os revelaria.

12

APÓS UM BANHO QUENTE, PASSO UMA TOALHA PELO CABELO, me seco e visto uma cueca boxer preta. Entro na cozinha e abro a geladeira, só para checar se algo apareceu por geração espontânea dentro dela enquanto eu estive ausente.

Não.

Ainda cheia de condimentos e cervejas. Embora sejam os dois grupos alimentares básicos, alguma proteína seria legal. Pego o celular para pedir um hambúrguer, e uma mensagem de Mia aparece na tela.

Quatro dias na mata, quatro dias longe da mulher que eu quero. Foi o tempo suficiente para recalibrar os meus sentimentos de volta ao *apenas amigos*.

Respiro fundo antes de abrir a mensagem dela. Lembro-me de quem ela tem que ser para mim.

Mia, minha amiga. Mia, que eu coloquei na zona de amizade.

Leio o que está escrito. É uma resposta à minha mensagem de texto anterior, na qual a informei da minha volta e que ela estava liberada do trabalho de cuidar do gato.

> **Mia:** Bem-vindo de volta! Adorei cada segundo com Zeus. Além disso, se você está se perguntando onde está a pimenta sriracha, eu a peguei emprestada. Mas estou pronta para devolvê-la agora mesmo.
> **Patrick:** Ótimo. Estou com fome. Vou adorar um pouco de sriracha.
> **Mia:** Ela é bem substanciosa.

Largo o celular, satisfeito com o fato de que nós dois travamos aquele diálogo como *apenas amigos* com tanta facilidade. Vai ser perfeito regressar à amizade com ela.

Dois minutos depois, Mia bate à minha porta.

— Caramba, você é rápida... — digo, destrancando a fechadura e girando a maçaneta.

E de repente ela fica de queixo caído.

Os seus olhos estão do tamanho de um disco de pizza, e ela engole em seco, como se tivesse algo preso na garganta.

— Acho que você se esqueceu de se vestir. — Mia aponta para mim com a pimenta *sriracha* na mão.

Ah, sim. Estou usando apenas uma cueca boxer. Em insinuação sexual, ergo e abaixo as sobrancelhas rapidamente.

— Ainda bem que não vesti uma calcinha fio-dental amarela, não é?

Confusa, ela franze a testa.

— Por favor, diga-me que você não tem uma calcinha fio-dental.

— Você deve saber. Zeus me disse que a viu fuçando as minhas gavetas.

— Meu Deus, não fucei nada! Juro!

Levanto as mãos em sinal de rendição.

— Só estou brincando, Mia. — E escancaro a porta. — Entre. Estava quase pedindo um hambúrguer. Você está com fome?

Dou um tapinha — virtual — nas costas por permanecer na zona da amizade.

— Essa é uma pergunta retórica?

— Isso significa que você quer um?

Ela lambe os lábios.

— Sapatos de salto alto machucam? As reuniões são a desgraça da minha vida? Os cereais têm gosto melhor com leite?

Dou uma risada.

— Puxa, realmente não sei se sapatos de salto alto machucam.

— Machucam. Eles são obra do diabo, e, sim, eu quero um hambúrguer. Um hambúrguer vegetariano, por favor, com queijo *cheddar*.

— É pra já.

Abro o meu aplicativo, faço o pedido na minha lanchonete preferida, largo o celular sobre a mesa de centro e então ofereço uma cerveja para Mia.

Ela apanha a garrafa e a inclina na direção da minha em um brinde.

— Ao seu retorno. — Em seguida, os olhos dela vagam, fixando-se no meu corpo, que está encostado no balcão da cozinha. — Não vai se vestir?

Decido me divertir com ela. É isso que os amigos fazem. Além do mais, não falta nada no meu departamento de confiança. Nem sempre estive em ótima forma. *Fitness* envolve esforço. Sendo assim, não vou fazer de conta que não gosto de como está a minha aparência.

— Quer que eu me vista, Mia? Você se sente desconfortável de ver toda esta masculinidade em exposição?

Por um instante, Mia fecha os olhos.

— Tudo bem. Você pode usar essas coisas.

— Coisas?

— Essas boxers anatômicas que exibem o seu fantástico traseiro — ela deixa escapar. — E aí, está feliz por eu ter dito isso?

Espio atrás de mim como se estivesse checando a minha bunda.

— Caramba, este é mesmo um belo traseiro. Gostaria de realizar algum teste de firmeza nele?

Mia deixa o rosto cair nas mãos, rindo. Quando torna a erguê-lo, ela desliza a *sriracha* para mim ao longo do balcão.

— Aí vai — ela diz. Depois, vem a chave. — E eu peguei o seu terno.

Ótimo. Agora venha se sentar na minha cara.

Droga, de onde veio isso?! Afasto o pensamento sujo que lampejou diante dos meus olhos.

— Você é uma babá de gatos perfeita.

Mia sorri.

— Então, como foi a viagem?

Conto a ela sobre o grupo do banco de investimentos e como o pessoal era uma mistura interessante de ousadia e cautela. E isso meio que traduzia o objetivo da viagem.

— O grupo pertencia a duas firmas que acabaram de se fundir, e a empresa queria reunir os novos membros da equipe, fazendo-os trabalhar em conjunto nas corredeiras.

— Que legal. Isso os ajudou a se unir, afinal?

— Acho que sim. No começo, houve alguma hesitação. Talvez até mesmo alguma cautela. Mas, depois do primeiro dia na água, as pessoas começaram a se entender melhor. No momento em que navegamos nas partes mais difíceis, foi como se elas estivessem trabalhando juntas havia anos.

— Isso é incrível. Você é como uma cola.

— Sou muito pegajoso, Mia — digo com a cara séria.

Ela ri.

— Isso é meio nojento e sexy ao mesmo tempo.

— A minha pretensão é mais ou menos essa.

Então nos dirigimos ao sofá, e nos afundamos nas almofadas castanho-avermelhadas.

Mia toma um gole de cerveja e coloca a garrafa na mesa de centro.

— Então, acho que é assim que vai ser. Você está à vontade o suficiente para beber cerveja de cueca perto de mim.

Dou uma risada, recostando-me no sofá e estendendo um braço sobre o encosto. A minha reinicialização funcionou às maravilhas. Até ela pode dizer que é fantástico sermos amigos.

— Acho que sim.

Enquanto tomo um gole, Mia olha para mim e me estuda.

— O que foi?

Ela umedece os lábios.

— Desculpe, mas você tem um corpo perfeito.

É como uma injeção de orgulho direto na veia.

— Você não precisa se desculpar por dizer isso. Ademais, você também tem.

Droga. Eu não disse isso como um amigo diria.

Mia fica vermelha.

— Você realmente tem. — Ela agita as mãos em torno de mim, gesticulando. — O seu abdome. Os seus braços. Os seus bíceps. Acho que os seus bíceps são maiores do que as minhas coxas.

— É possível. — Deixo a minha cerveja na mesa de centro também, pego as mãos de Mia e as coloco ao redor do meu bíceps esquerdo.

Ela não consegue unir as pontas dos dedos, o que, lógico, me agrada em um grau absurdo.

— Caramba... — ela murmura, meio sem fôlego.

Então, movo as suas mãos e as coloco em torno da sua coxa. Ela está de calça jeans. Mantenho minhas mãos nas dela enquanto as pontas dos seus dedos se tocam.

— Posso tocar a sua coxa agora e compará-la com o meu bracinho? — ela pergunta, com um toque de malícia nos seus olhos castanho-claros.

Em um instante, perco o rumo. Não sei mais onde estamos. Não imagino como entramos tão rápido nesse jogo delicado e sedutor, mas sei que gosto disso. Sei que quero isso.

— Vá em frente — eu a incentivo.

Mia passa a mão direita em torno do seu braço esquerdo, e ficam faltando poucos centímetros para que seus dedos toquem o seu polegar.

Então, ela coloca a mesma mão sobre a minha coxa, mal cobrindo a parte superior dela.

Dou risada ao ver como a mão dela fica pequena no meu corpo. E logo paro de rir porque é a mão *dela* na minha coxa, e agora sei exatamente onde estamos. E não é mais na zona da amizade. Amigos não tocam as coxas um do outro desse jeito. Esse é o território do elevador.

Durante a minha estada na mata, tentei pôr Mia na zona da amizade. Esforcei-me bastante e achei que tivera sucesso. Talvez eu estivesse apenas me enganando.

Mas não há como me enganar agora.

Às vezes a gente não sabe para onde uma trilha conduz, mas entra nela do mesmo jeito. Como Mia fez comigo no carro, coloco a mão em cima da dela. Não estou mentindo quando digo que se trata de uma excitação instantânea. Essa mulher já sabe qual é a minha e o que esperar.

Entrelaço meus dedos nos dela. A mínima hesitação na sua respiração me diz que ela também está excitada. Nenhum de nós vaga na zona da amizade neste momento.

Quando levanto o rosto e encontro os olhos de Mia, ela pergunta:

— A sua forma física sempre foi perfeita?

Acho graça.

— Eu nasci com músculos. Saí do útero levantando pesos.

— Sério. Você sempre se manteve em forma?

Meu sorriso desaparece.

— Não.

— Por que diz isso como se fosse algo triste?

— Não é triste. É a pura verdade. No meu primeiro ano do ensino médio, eu era...

— Gordinho? — ela intervém e arqueia uma sobrancelha, como se não conseguisse acreditar naquilo.

Faço que não com a cabeça.

— Pele e osso?

— E?

Mia arregala os olhos.

— E desajeitado?

Abro um sorriso largo, arreganhando os dentes.

— Com aparelho?

— O tempo todo. Era o tipo de aparelho que eu usava. Fixo. Juro que eu o usei durante todo o ensino médio e só o tirei um mês antes da formatura.

Mia olha para mim com espanto.

— Não consigo imaginá-lo magrelo e desajeitado.

Ergo o indicador para corrigi-la.

— Alto, magrelo e desajeitado.

Mia dá um tapinha no meu ombro com a mão livre.

— Vou precisar ver as fotos.

— Por quê?

— Não é possível que você tenha mudado tanto.

— Então, qual é o problema? Por que quer ver as fotos?

Mia prende uma mecha de cabelo atrás da orelha.

— Não sei. Talvez haja uma parte de mim que gosta de saber que você nem sempre foi desse jeito...

— Bonito? Forte? Viril? — pergunto, estufando o peito.

— Sim. — Ela aperta os meus dedos com mais força, o que aquece toda a minha pele. — Posso ver?

— Não tenho o meu anuário — eu lembro a ela. — Mas há uma foto que Evie me mandou recentemente.

Sem soltar a mão dela pego o celular e abro nas mensagens de texto da minha irmã, à procura de uma foto digital que ela tirou de uma fotografia emoldurada em que estávamos nós dois. Evie a havia encontrado na casa dos nossos pais.

Ela deu o título *Antes de sermos legais* e enviou outra mensagem, que dizia: "Brincadeirinha. Nunca fomos legais".

— Aqui estou para você, Lebre, em toda a minha glória: alto, magrelo e desajeitado. — E mostro a foto para ela.

A minha irmã usa grandes óculos redondos e está mostrando a língua, e eu me elevo acima dela, um cara sem músculos e com boca metálica.

Mia não zomba. Ela sorri, depois suspira e então morde o canto do lábio.

— Adorei — ela sussurra.

E eu morro de rir.

— Você é uma panaca. Por que diabos gostou disso? — Coloco o celular na mesa de centro.

— Porque significa que você é...

Ergo a mão.

— Não diga *normal* de novo.

— Me diz o que mudou. Por que você não é mais como era?

— Os meus pais me mandaram para o acampamento de verão no 1º ano do ensino médio. Eu já havia sido escoteiro e chefe de escoteiros, mas tinha sido isso todos os dias. No acampamento, ao ar livre, me apaixonei por natação, caminhadas, canoagem, rafting e percursos com obstáculos. Nunca me dava por satisfeito. Voltei para casa 7 quilos mais pesado, e pesado de um jeito muito bom.

Mia passa a outra mão pelo meu bíceps.

— Este tipo de pesado?

— Sim — respondo, e a palavra sai seca, rouca.

Mia está me deixando em brasa. Ela desliza os dedos pelo meu peitoral, pelo meu abdome...

— Você é muito...

— Muito o quê?

— Cada parte sua é muito firme.

Dou risada, e os meus olhos se voltam para a minha virilha.

— Sim.

Ela percebe a barraca armada na minha cueca e lambe os lábios.

— E isso é por sua causa — digo, com a voz mais baixa, mas com as minhas palavras bem claras.

Mia estava me elogiando, mas preciso que ela saiba como me sinto. Acontece que quatro dias longe dela não redefiniram nada. Não sei para onde estamos indo esta noite. Tudo o que sei é que não posso retroceder.

— Por causa do que você fez comigo. Por causa do seu corpo, do seu rosto... de *você*.

Mia toma fôlego e entreabre a boca.

— Isso é uma loucura — ela sussurra.

— Não é uma loucura.

O meu olhar se dirige para os seus dedos errantes, que percorrem o meu braço, indo do meu cotovelo até o meu pulso. Minha pequena Mia é uma grande exploradora, e sou eu quem ela quer descobrir. Ela olha para mim como se quisesse me tocar em todos os lugares. Lamber a minha pele. Passar os dedos em mim.

Mia me olha do jeito que eu olho para ela.

Danem-se os amigos.

Dane-se a distância.

Danem-se os obstáculos.

Eu vou com tudo.

13

SOLTO A MÃO DE MIA E ENFIO OS DEDOS NO SEU CABELO.

— Suba em mim. — Então agarro os seus quadris e a movo para que ela fique no meu colo.

Mia ofega, um ruído sexy que se transforma em um gemido quando ela afunda sobre o meu pau duro.

Deixo escapar um assobio porque a sensação é incrível.

— Eu quis vir na outra noite depois do jantar. Depois do elevador — ela fala impulsivamente.

— Ah, é?

Mia assente.

— O jantar atrasou, mas eu não conseguia parar de pensar em você.

— O que você pensou?

— Que a gente não conseguiu se beijar, e eu queria tanto...

— Posso resolver esse problema agora mesmo.

Pego o rosto dela e o trago para junto do meu. E o mundo passa a se mover em uma espiral enquanto beijo Mia Summers.

É incrível. Os lábios dela roçam nos meus, e Mia não perde tempo. Ela desliza para mais perto, esfregando-se no meu pau e pressionando o peito em mim. É como se ela estivesse me escalando e, meu Deus, como eu quero isso! Como eu a quero assim.

Agarro o seu cabelo, puxando-a para mais perto, beijando-a com mais intensidade. Provando-a. A sua boca é suave e gentil, e ela emite pequenos sons — gemidos, suspiros, arfadas — que me fazem quase perder a cabeça.

Estou beijando Mia. Sou louco por essa mulher há tanto tempo, e ela está no meu colo, se esfregando na minha ereção, me beijando como se a sua vida dependesse disso. A sua língua se entrelaça na minha e, em um instante, o beijo fica selvagem. Guloso. Como duas pessoas que são loucas uma pela outra. Passo as mãos em torno de sua cabeça, querendo chegar o mais perto possível, mas ela recua.

Por um momento, interrompo o contato e, intrigado, ergo uma sobrancelha.

— Minha vez. — E Mia levanta as mãos, segura o meu rosto e acaricia o meu queixo. Com reverência. Avidamente. E eu sei o que ela está fazendo. Ela está sentindo a minha barba. Ela toca o meu queixo barbado com dedos ávidos, como se quisesse ter as suas mãos em mim por tanto tempo quanto eu quis ter as minhas nela.

Sem interrompê-la, eu agarro os seus quadris e a direciono de modo a que Mia se esfregue no meu pau. Enquanto isso, ela me beija, ofegando e murmurando.

Nós nos consumimos. Estamos famintos. O meu cérebro dispara sinais de prazer em sequência para cada nervo do meu corpo. Desejo viver neste momento pelo resto da noite. Não quero esquecer como é bom não só beijá-la, mas ser beijado por ela.

Mia se balança com mais força, vai mais rápido, murmura mais alto. Então, se separa e me olha com olhos desesperados.

— Você não tem ideia...

Balanço a cabeça.

— Eu tenho. Tenho todas as ideias.

E, quando eu a puxo de volta para mim, pronto para lhe dar mais uma vez um beijo de tirar o fôlego, o interfone toca.

Deixo escapar um gemido.

— Não atenda — Mia sussurra.

— Deve ser a lanchonete. Os hambúrgueres.

— Bem, nesse caso... — Mia sai de cima de mim, e eu vou atender à chamada.

— Boa noite, sr. Milligan. Há uma entrega para o senhor.

— Mande o entregador subir, por favor, Trevor.

— Tudo bem. Além disso, senhor, há alguns pacotes que chegaram esta semana. Quer que eu os leve até aí?

Devem ser algumas roupas novas que pedi. Trajes que quero testar antes de usá-los no meu quadro na tevê.

— Sim, sim, quanto mais, melhor.

— E também há um vaso com uma planta para um tal de sr. Zeus.

Intrigado, franzo a testa.

— Vaso com uma planta? — Estranho, mas dou de ombros. — Traga tudo para cima. Vamos fazer uma festa.

75

Ao desligar, noto que a minha ereção teve a cortesia de declinar. É uma pena, já que foi uma especialmente boa.

— É melhor eu ir me vestir.

— Despido funcionou para mim... — Mia diz com uma pequena contração nos lábios, mas não está olhando para mim. Ela toca a tela do seu celular. — Espere um pouco. Preciso falar com Lisa.

— Quem é Lisa? — Vou para o meu quarto, já que não quero ser o panaca que atende à porta quase pelado para qualquer pessoa, exceto Mia.

— Minha vice-presidente de produtos.

Ao voltar, um minuto depois, usando calça jeans e camiseta, encontro Mia falando ao celular, com a cabeça pendendo para o lado.

— Certo. Mas e se também adiantarmos essa data? — ela pergunta. Em seguida, ergue o dedo para me avisar que vai terminar logo.

Pego as duas garrafas de cerveja vazias e as coloco na lixeira de reciclagem da cozinha.

— Quer dizer que parece que isso vai funcionar? Felicia também pode cuidar disso? — Mia indaga, quando tocam a campainha.

Abro a porta e pego a comida do entregador da lanchonete. Agradeço a ele e lhe dou uma gorjeta. Depois de colocar a comida no balcão da cozinha, deparo com Trevor à soleira, segurando as caixas da REI e um pequeno vaso com um laço prateado em volta. Há também um cartão.

— Aqui está — Trevor diz, e eu lhe dou uma gorjeta.

Em seguida, coloco as caixas no chão e seguro o vaso com a planta com um olhar interrogativo.

Quando Mia percebe o vaso, os seus olhos se arregalam, e ela balbucia *fui eu que mandei*.

E ao celular ela diz:

— Ei, posso voltar a ligar para você em dois minutos?

E isso me diz tudo o que preciso saber. A atividade noturna acabou.

Mia desliga o aparelho e aponta para a planta.

— Pedi um presentinho para Zeus. Quis agradecer ao gatinho por ser um companheiro tão bom. Quer deixá-lo cheirar?

Não posso ficar chateado.

— Você comprou *catnip* para ele?

— Sim. Tudo bem? Ele não é alérgico a *catnip*, é?

Dou uma risada.

— Ele não é alérgico a nada. — digo, olhando para o rei adormecido, que escolheu a mesa da tevê como local de soneca.

Mia junta as mãos e as aperta.

— Sinto-me péssima, mas é muito importante que eu faça essa ligação. São só 5 horas na Costa Oeste.

— Vá. — Sorrio, pego a embalagem com o hambúrguer vegetariano e o entrego a ela. — A Pure Beauty te chama.

Ela sorri também.

— Sim. — Mia respira fundo. — Vejo você...

— ...no casamento — termino a frase para ela. Acabo de passar os últimos quatro dias recolocando Mia na zona da amizade, e de repente, de bom grado, pulo de volta para o território do elevador com ela em poucos minutos.

Acontece que tenho de descobrir o que diabos fazer com o grande problema. Aquele que não consigo resolver. Os milhares de quilômetros. Preciso de tempo para processar o que, afinal, tudo isso significa.

Para além do óbvio.

Mia está tentando deixar o meu gato doidão.

14

BEAST OF BURDEN DOS ROLLING STONES TOCA NO ANTIGO SIS-
tema de som do Joe's Sticks enquanto o noivo erra uma tacada fácil.

— Droga! — Chase exclama, balançando a cabeça e observando a mesa de bilhar com desdém. — Para onde foi a minha coordenação visomotora? Não acredito que me deixam fazer cirurgias com estas mãos.

— É hora de abrir mão de sua licença — Wyatt, seu melhor amigo, diz do outro lado da mesa de bilhar.

— Ou talvez Chase esteja entregando o jogo de propósito porque o que ele quer mesmo é que a gente o leve ao Scores para a sua despedida de solteiro — digo, me apoiando no taco.

Chase dá uma risada e passa a mão pelo cabelo castanho-claro.

— Sim, vocês me sacanearam ao me trazer aqui em vez de me levarem ao reino das calcinhas fio-dental e dos peitos falsos.

Aponto o taco para ele, semicerrando os olhos.

— Admita: você tem um maço de notas de 1 dólar queimando no bolso.

— Seja sincero, dr. Summers. — Wyatt o encara com os seus olhos azuis e com o tom de voz endurecendo, como se estivesse tentando abalar Chase.

Chase levanta as mãos em sinal de rendição e baixa a cabeça, desanimado.

— A verdade sempre triunfa. Tudo o que eu sempre quis foi esbanjar dinheiro com mulheres que nunca vou ter e que não quero.

— Não é isso mesmo? — Max acrescenta, caminhando ao redor da mesa, preparando-se para dar uma tacada.

O Joe's Sticks é o nosso refúgio habitual e, para que fique registrado, uma boate de *striptease* nunca esteve nos nossos planos para esta noite. Mas bons amigos, boa cerveja e algumas rodadas competitivas de bilhar são um trio ideal antes de mandarmos Chase ao altar amanhã. Vim aqui direto do trabalho, e foi um dia de enlouquecer, que incluiu não só o meu quadro no canal 10, onde tratei dos primeiros socorros no meio da mata, como também uma reunião com Dana, minha gerente de reservas, para revisar algumas das próximas viagens e certos clientes em potencial. Há alguns que são os meus tipos favoritos e,, como designamos líderes para as excursões, informei Dana de quais eu queria cuidar pessoalmente. Também aprovei o manual de conduta do funcionário, e ainda bem que as nossas regras ficaram mais rígidas agora. Isso tira um peso enorme dos meus ombros.

Ah, mas isso não é tudo. Mia e eu trocamos diversas mensagens ao longo do dia. Ela me falou que as damas de honra estão levando Josie para assistir a *Hamilton* hoje à noite como uma surpresa, uma vez que Josie estava morrendo de vontade de ver o musical, e Mia planejava jogar o sutiã no palco, no agradecimento dos atores no final do espetáculo, já que afinal era uma despedida de solteira.

Não tenho dúvida de que é exatamente isso que o teatro gosta que o seu público faça, respondi.

Ainda bem que é a hora do musical; caso contrário, eu ficaria tentado a procurar uma mensagem de Mia. Fazer isso com Max por perto não parece nada bom. Porém, verdade seja dita, sentir-me como me sinto e *não* lhe dizer também não parece nada bom.

Spencer toma um gole de cerveja e depois larga a garrafa.

— Vamos lá, o que poderia ser melhor do que nós seis em uma boate de *striptease*? Metade de nós é casada, com mais um se casando amanhã, e Max pronto para se casar daqui a alguns meses, enquanto Wyatt já é pai.

— Sem falar que um terço de nós tem mulher grávida. — Na ponta da mesa, Nick empurra os óculos para o alto do nariz.

— Ouçam, ouçam. Para o meu filho que está prestes a nascer... — Spencer ergue a sua garrafa de cerveja e a inclina na direção de Nick — ... e para o meu sobrinho que nascerá em breve, ainda que seja um conceito estranho que *você* seja o pai do *meu* sobrinho.

— É isso aí, eu sou o pai dele — Nick diz, impassível.

Charlotte, a mulher de Spencer, deve dar à luz em um mês, e Harper, a mulher de Nick e irmã mais nova de Spencer, ganhará o seu bebê não muito tempo depois.

Spencer balança a cabeça, como se isso fosse demais para digerir.

— Ainda é estranho que você seja casado com a minha irmã.

— Por falar em irmãs, como está Mia? — Wyatt dirige a pergunta para Chase e Max. — Natalie e eu não a vimos muito esta semana.

— Ela está enlouquecida com o trabalho — Chase responde.

— Tem sido exaustivo para Mia fazer a empresa crescer. — Max olha para Chase, e algo parece circular entre eles. Distraidamente, coço o queixo, perguntando-me o que seria.

Então, a minha consciência pega no meu pé. Preciso dizer para Max o que está acontecendo, e não estou falando do beijo quente como o pecado de ontem à noite. Ultimamente, venho pensando muito, e tomei uma decisão. Tenho de dizer a ele o que sinto por ela, e devo fazer isso o mais rápido possível. Talvez até hoje à noite. Vou ter que encontrar o momento certo.

Logo em seguida, Max pigarreia e ergue a sua garrafa de cerveja em um brinde.

— Ao meu irmão, Chase. O cara mais feliz do mundo. Josie é perfeita para você, e nós sempre soubemos disso. Estou emocionado por você estar se casando com ela, e desejo que você seja o cara mais feliz do mundo e além.

Chase parece quase envergonhado, mas também ridiculamente satisfeito. A verdade pura e simples é que o sujeito está loucamente apaixonado pela noiva.

Wyatt bate palmas devagar.

— Ao garoto de ouro. Que a sua vida com a minha irmã seja sempre dourada.

Nick ergue a sua garrafa de cerveja.

— Eu apoio, já que Josie também é minha irmã.

Olhando de Chase para Nick, Spencer concorda com um gesto de cabeça.

— Vocês dois deviam formar um clube. A Sociedade dos Caras que se Apaixonaram pelas Irmãs dos seus Amigos.

Max dá uma risada.

— Nem pense em olhar para mim. Henley não está relacionada com nenhum de vocês, sacanas.

— Nem Charlotte. — Em seguida, Spencer olha para mim. — E você, Capitão Natureza? Você é o próximo?

Forço um sorriso e, depois, tomo um grande gole de cerveja para esconder o fato de que ele acertou em cheio, quer ele saiba, quer não.

Max balança a cabeça, dando uma risadinha.

— Pessoal, esta é a noite do Chase. Vamos manter assim.

E isso liquida a minha busca por uma abertura. Esta noite não é hora de contar ao Max que quero realmente ser o próximo membro do clube.

15

ATRAVESSO UMA DAS PONTES DO CENTRAL PARK A CAMINHO do casamento no ancoradouro. Ao chegar aos degraus que levam à cerimônia, vejo uma silhueta familiar no grupo de convidados que andam na frente das portas. Uma mulher loira, usando um vestido azul-celeste, bate papo com um casal. Quando ela termina a conversa, chamo o nome de Evie.

Ela se vira e acena ao me ver.

— Que surpresa te ver aqui — digo quando a alcanço.

Seu namorado e alguns dos nossos amigos em comum estão conversando a alguns metros de distância.

— Também é uma surpresa te encontrar aqui — ela brinca, enquanto joga os braços em volta de mim.

Inclino-me e lhe dou um abraço de urso.

— Há quantos casamentos você já foi este ano, garota?

— Este deve ser o décimo nos últimos doze meses — ela responde com uma nota de orgulho.

— E desses, quantos foram por sua causa?

— Cinco — Evie afirma, radiante.

— Você é a Rainha do Amor. E quando será o seu? — Desvio o olhar explicitamente para o namorado dela, Dylan, um gênio da internet que a deixa louca de felicidade. Naquele momento, ele bate papo com a irmã.

Evie fica vermelha e fala em voz baixa:

— Não posso garantir, mas tenho a impressão de que ele comprou um anel.

— Dylan não é idiota. Ele reconhece algo bom quando o vê.

Evie se aproxima e ajeita a minha gravata roxa, apertando mais o nó.

— É incrível, parece que os homens nunca sabem como dar um nó direito. Vocês passam muito tempo de bermuda. E você?

— Eu o quê? Se sei dar um nó na gravata? Acho que sim. — Sorrio com malícia.

Evie me cutuca com delicadeza.

— Estou falando de você e Mia.

Dou um sorrisinho. Os brilhantes olhos azuis de Evie — da mesma tonalidade dos meus — cintilam de excitação. Na última vez em que ela me perguntou sobre Mia nada tinha acontecido entre nós. E, embora eu não seja alguém indiscreto, quero o conselho da minha irmã.

Assim, pego Evie pelo braço e a conduzo discretamente para longe dos demais convidados.

— Escute, preciso te perguntar uma coisa, Ev. Você já soube de algum relacionamento de longa distância que funcionou?

Ela sorri.

— Sim, bobo. É por isso que você se conteve com Mia?

— Um pouco. — Dou de ombros.

— E agora? — Evie pergunta, com a voz cheia de empolgação.

— Bem, eu sei que ela gosta de mim. Não tenho certeza se é no mesmo grau, mas ando meio cansado de fingir que não estou completamente...

— ...apaixonado por ela?

— Culpado da acusação — digo, apontando um dedo para ela em reconhecimento.

Evie bate palmas e salta na ponta dos pés.

— Eu sabia! Eu sabia o tempo todo! E não, não acho uma loucura namorar alguém que mora longe. É lógico que é mais difícil, e não vou enganá-lo sobre isso. Mas acontece. É real. Às vezes, você se apaixona por alguém que vive do outro lado do mundo. — Àquela altura, o olhar dela se tornara sonhador.

— Mia não vive do outro lado do mundo, Ev.

Curiosa, Evie ergue uma sobrancelha.

— Mas a outra parte?

— Que parte? A parte que se apaixona?

— Sim... — Ela faz uma pausa e fala mais baixo: — A questão mais importante é esta: como você se sentiria se nunca tivesse se arriscado a dizer a ela que queria um relacionamento, mandando às favas os milhares de quilômetros entre os dois?

— Como eu me sentiria... — repito, refletindo sobre as palavras.

Um padrinho toca um sino, e isso dá um fim à conversa. É hora de entrar no ancoradouro e buscar os nossos assentos. Um cartaz diz: "Esta é uma cerimônia desconectada. Por favor, desliguem os seus celulares e estejam presentes conosco". Faço como instruído e, depois, sento-me em uma cadeira de madeira branca na segunda fila, ao lado de Dylan e Evie. Uma parede de vidro oferece uma vista deslumbrante da água. Os amigos solteiros do noivo entram pela lateral, seguidos pelo padrinho — que é Max — e por Chase, o homem do dia. Eles ficam junto ao vidro, na frente.

Um fotógrafo profissional se encontra posicionado na entrada, pronto para realizar o seu trabalho. Um quarteto de cordas empunha os seus arcos e toca algo que soa como Beethoven. Todos os olhares se voltam para as portas. Uma dama de honra que não conheço entra primeiro. Talvez seja Lily. O nome parece familiar.

Após a primeira dama de honra percorrer 3 metros do corredor, Mia entra.

As palavras da minha irmã ecoam nos meus ouvidos.

Como você se sentiria se nunca tivesse se arriscado?

A frase fica se repetindo na minha cabeça enquanto a observo. Não consigo tirar os olhos dela.

Mia usa um vestido amarelo e segura um buquê de margaridas. Seu cabelo está entrançado para cima, mas diversas mechas cor de mel caem delicadamente em torno do rosto. Ela caminha pelo corredor, e o meu coração luta para escapar do meu peito e correr ao seu encontro.

Adoro as suas covinhas.

Quero olhar para aqueles olhos.

Quero beijar aqueles lábios.

Ao se aproximar da frente do corredor, Mia olha firmemente para mim, e juro que consigo ver a sua boca formar a palavra mais singela. Um *oi* só para mim.

Mais algumas damas de honra entram e se juntam à cerimônia de casamento na frente, mas perco a noção de quem é quem e de quem está aqui, porque não consigo parar de olhar para Mia, mesmo quando a noiva entra ao som de *Ode à alegria*.

Procuro me concentrar na cerimônia, nas palavras que o oficiante diz para Chase e uma Josie absolutamente radiante, que está tão bonita quanto qualquer noiva. Chase promete amá-la pelo resto da vida, e ela promete fazer o mesmo. Logo, alianças de platina circundam os seus dedos e o noivo beija a noiva, e aplausos e gritos irrompem em todo o ancoradouro.

Como eu me sentiria?

Como se eu tivesse perdido a maior chance da minha vida.

Mia é a pessoa, não importa quão longe ou quão perto ela esteja, e vou dizer-lhe isso assim que a tiver nos meus braços.

16

NAS COMÉDIAS ROMÂNTICAS A QUE A MINHA IRMÃ ME FAZIA assistir na adolescência — e por *me fazia* quero dizer que ela preparava os *brownies* mais deliciosos e eu só podia comê-los se assistisse aos filmes —, o herói corria para a heroína e contava para ela rapidamente assim que se dava conta de como se sentia.

Na vida real, há muita espera.

Muita conversa-fiada.

Muitos papos sobre "de onde você conhece o noivo e a noiva?" e "o que você faz?" com pessoas com as quais nunca mais voltarei a conversar. Tudo bem. Não me incomodo. Sou bom em papo-furado e, francamente, faz parte do meu trabalho. Mas isso toma muito tempo da minha noite e torna muito difícil encontrar um momento livre com a irmã do noivo.

Como Mia está na festa de casamento, o fotógrafo leva as pessoas logo depois da cerimônia para tirar fotos do grupo ao pôr do sol. Bebo uma taça de champanhe, provo um petisco de cogumelo e converso com amigos, familiares e médicos aleatórios do hospital onde Chase trabalha.

Ao tomarem conhecimento do que faço, eles parecem particularmente interessados em compartilhar histórias sobre algumas das lesões ao ar livre mais absurdas que trataram, desde ossos quebrados até mordidas de animais selvagens. É como se estivéssemos nos dois lados da equação. Vi ou ouvi falar de acidentes conforme ocorreram, e eles os trataram.

— E você? Já se machucou no mato? — um médico de óculos e nariz torto pergunta.

— Com certeza. Tive a minha cota de lesões, desde um braço quebrado até um tornozelo torcido. Mas, ei, nunca levei uma mordida de um guaxinim. Então, é isso. — Bato três vezes numa viga de madeira para afastar o azar. — E consegui evitar tropeçar em galhos.

O cara ri.

— Você não ia querer acabar com um galho no lugar errado.

Não quero pensar em onde seria esse lugar e, assim, peço desculpas educadamente.

Essas conversas casuais continuam ao longo da noite, na recepção e durante o jantar. Em certo momento, Mia passa por mim, parando brevemente para sussurrar:

— Bonita gravata.

— Tudo bonito — digo.

Ela franze os lábios e me manda o mais discreto dos beijos.

Então, ela se afasta, conversando com a mãe, conversando com o pai, conversando com Max. Eu me mantenho ocupado, atualizando-me sobre as novidades de Dylan e o seu gêmeo idêntico, Flynn. Realmente, se Dylan não estivesse segurando a mão da minha irmã, seria muito difícil distinguir os irmãos.

A noite se estende em brindes, risadas, comida deliciosa, champanhe digna de comentários e mais alegria do que eu já vi em um só lugar. Chase e Josie se dirigem ao deque para a primeira dança como marido e mulher, e quando *Overjoyed* da banda Matchbox Twenty termina, eles dançam outra música, depois outra, à medida que mais convidados se juntam.

Um dos amigos solteiros do noivo se levanta e, por um instante, pensei que ele ia convidar Mia para dançar. Não me sinto bem com isso. Nem um pouco.

Fico de pé, corto caminho até ela e estendo a mão.

— Dança comigo?

O sorriso dela ilumina o seu rosto.

— Estava esperando você pedir.

Na pista de dança, nós nos juntamos a dezenas de casais. Os pais de Mia, os pais de Josie, os pais de Spencer e os pais de Charlotte também. Max e Henley riem enquanto dançam shimmy, e me recordo ligeiramente de ele mencionando certa vez que Henley adora salsa, e que ela o levou para aulas de danças de salão. Eu soube, então, que ela era a mulher da vida dele. Nunca pensei que alguém conseguisse atrair Max para uma pista de dança. Mas agora ele rodopia a sua noiva em um círculo. Ele nem hesita quando me vê pegar Mia nos braços.

Ela põe os braços nos meus ombros, e os meus circundam os seus quadris, do modo mais casto que consigo. As luzes no deque cintilam, e as estrelas piscam no céu noturno. Os arranha-céus de Manhattan se elevam ao nosso redor, espalhando a sua própria luz em uma pintura noturna iridescente.

Mia brinca com a minha gravata, passando os dedos sobre o nó.

— Então, onde está a sua acompanhante? — ela pergunta, sem me encarar.

— Espero que ela esteja bem aqui. E o seu?

Mia sorri. O tipo de sorriso que ela não consegue conter.

— O mesmo pode ser verdade para mim — ela responde.

Instintivamente, envolvo os braços com mais força em torno dos seus quadris.

— Nós nos encaixamos — ela diz, baixinho, apenas para mim.

O jeito como Mia me olha provoca uma onda de calor na minha pele.

— Eu diria que nos encaixamos bem demais.

— Não é?

— Sem dúvida alguma, Mia.

Quero trazê-la para mais perto, beijá-la até ela ficar embriagada de mim.

— Eu sei. — Ela engole em seco; esperando por mais, parece.

Bom. Quero ser o primeiro.

— Não consigo parar de pensar em você, Mia.

— Refere-se à outra noite? Você não consegue parar de pensar na outra noite?

Faço que não com a cabeça.

— Não. Pensar em você. Em tudo a seu respeito.

— Em tudo? — Mia torna a sorrir.

— Cada detalhe. Eu beijando você. Tocando você. Conhecendo você.

— Mas há razões...

Balanço a cabeça e ergo o queixo dela.

— As razões para não estar com você não me interessam — afirmo, com a voz baixa mas firme porque, uma vez que você se dá conta de que pode perder a maior chance da vida, as razões se reduzem a pó. — Não importam os milhares de quilômetros. Não importa que vivemos em estados diferentes. Tudo o que tem importância é como eu me sinto; não só quando estou perto de você, mas quando penso em você. Não percebe como você me faz me sentir?

— Como eu faço você se sentir?

Desvio o olhar para baixo, apreciando a vista dela nos meus braços. O seu corpo firme e sarado, as linhas do seu pescoço, a suavidade da sua pele. Mergulho o rosto no seu pescoço e inalo o seu cheiro. Ela me inebria.

— Como se o meu corpo estivesse zumbindo. Como se eu estivesse vibrando. Tudo crepita quando estou com você.

Eu a encaro mais uma vez. Posso me perder naqueles olhos. Droga, talvez eu já tenha me perdido... Talvez eu nunca seja encontrado, porque ali é onde quero estar.

Mia respira fundo.

— Há muita coisa que quero te dizer, Patrick.

Fico tenso e o meu corpo enrijece.

— Mas, quando estamos assim, não consigo raciocinar. — A respiração de Mia vibra no meu queixo e atiça as chamas dentro de mim.

— E por que isso acontece?

— Por causa de como você me faz sentir — ela sussurra.

Relaxo. Isso é melhor. Talvez o que ela quer me dizer seja algo com que poderemos lidar.

— Como eu faço você se sentir?

— Como se eu quisesse estar no meu corpo e fora do meu corpo. — A mão dela desliza para o alto da minha nuca e eu quase rosno. Ela está de costas para os convidados, e nós, na beira do deque. Ninguém pode ver que os dedos estão percorrendo o meu cabelo. Mia brinca com as pontas, e o seu toque me deixa louco. É um tiro certeiro de luxúria no meu peito, e o calor se concentra na minha virilha.

— Mia... — É quase um alerta.

Ela enfia os dedos no meu cabelo e chega mais perto de mim. Os seus lábios ficam muito próximos dos meus.

— Mas acima de tudo sinto que quero você no meu corpo — ela diz.

Dou um gemido. Nem consigo falar. Não consigo formar palavras. O meu cérebro é uma bruma quente, turva e estática. As pontas dos meus dedos ardem de desejo quando eu as cravo nos quadris dela. Mia me reduziu a nada além de luxúria, de fogo, de calor.

Mia me deixou mudo, excitado e completamente extasiado.

— Meu Deus, Mia... — consigo dizer, em um gemido desesperado. Não ligo se Max está vendo, ou Chase, ou quem quer que seja. Porém, um exame rápido me informa que eles estão nos seus próprios mundos. Assim, com as minhas mãos nos quadris dela, eu a puxo para mais perto, fazendo-a sentir o estado em que ela me deixou.

Mia sorri. É um sorriso selvagem e safado.

Mas isso é mais do que sexo. O que sinto por ela é muito mais.

— Escute — digo, antes que ela liquide todas as minhas células cerebrais com as suas palavras.

— Fale — ela ordena com suavidade.

— Não importa que você viva na Califórnia, e eu aqui. Quero estar com você. Mesmo que fiquemos a milhares de quilômetros um do outro, mesmo que seja difícil nos vermos, sou completamente louco por você, Mia. — E imediatamente o meu coração se sente mil vezes mais leve.

E então mil vez mais pleno quando ela diz:

— Sou muito louca por você.

O corpo de Mia se funde ao meu, como se fosse um alívio bem-vindo para ela revelar a sua verdade, assim como foi para mim.

— Achei que enlouqueceria se não dissesse alguma coisa.

— Gostaria de poder beijá-la agora mesmo. — Dou uma olhada nos convidados, os nossos amigos e os nossos familiares dançando no deque próximos a nós. Por mais que eu queira pressionar os lábios nos dela, agora não é o momento para esse tipo de demonstração pública de afeto.

— Beije-me mais tarde, então. Posso passar depois no seu apartamento, quando o casamento acabar?

— Se você não fizer isso, é possível que eu morra. — Sorrio.

— Nem pense em morrer antes de transar comigo.

Estou frito. Torrado. Nunca quis algo tanto quanto quero Mia sob mim, sobre mim, comigo a noite toda.

— É tudo o que vou fazer a partir do momento em que você bater na porta.

Mia passa a mão em torno dos meus ombros.

— Há algo mais que quero lhe dizer — ela afirma, vacilante.

O meu peito se esvazia ao ouvir aquilo. Mas me preparo para sofrer um golpe hoje à noite. Vamos lá. Vamos acabar logo com isso. Preciso saber de uma vez por todas o que deverei enfrentar.

Um grito de entusiasmo atravessa o deque.

— Finalmente, chegou a hora do bolo!

Nós dois tomamos um susto e nos viramos para Harper, a mulher grávida de Nick, que aponta animadamente para o imponente bolo branco, chamando os convidados.

Mais uma vez, os meus braços ficam vazios.

17

ACENDO A LUZ, AFROUXO O NÓ DA GRAVATA E DIGO OI PARA Zeus.

Ele se esfrega na minha perna e solta um miado. Entendo na hora. Ponho um punhado da sua ração preferida numa tigela e a deixo no chão.

Acendo outra luz na sala de estar e me sirvo de um uísque. Parece uma noite apropriada para a bebida. O tipo de noite em que andarei pelo meu apartamento, esperando que ela chegue logo; do tipo em que eu deveria desabar no sofá, olhar para longe e ter pensamentos sombrios.

Mas não sou assim.

Mesmo que Mia tenha coisas para dizer, conseguirei lidar com elas. Isso é o que eu faço. Eu lido com coisas.

Em vez de andar pelo apartamento, pego um livro, o meu exemplar gasto pelo uso e cheio de dobras nos cantos das páginas de *A Prayer for Owen Meany*. Abro em uma página qualquer e leio palavras que já li muitas vezes antes.

Pouco depois, ouço batidas na porta, e eu a abro. Mia entra com propósito, com a cabeça erguida e um olhar intenso. Ela coloca as mãos no meu peito, como se estivesse me repelindo.

— Eu disse a mim mesma que não faria isso.

— Por quê? — pergunto, expelindo o ar com força.

— Namorei um grande amigo de Max logo depois da faculdade.

E essa é a razão. Parece que essa é toda a razão.

— O que houve?

— Não acabou bem — ela afirma, com os olhos castanho-claros intensos.

Intrigado, franzo a testa.

— Você quer dizer que Max não lidou bem com a situação?

Mia balança a cabeça, e as mechas soltas do seu cabelo se movem com ela.

— Não é sobre ele. É sobre mim. Desde então, evito me envolver com os amigos dele. É por isso que resisti a você. É por isso que me contive antes.

Cerro os dentes e decido me libertar da minha frustração.

— O que aconteceu? Quem é o cara?

— O nome dele é Eric.

Vasculho a memória em busca de um amigo de Max com esse nome. Mas ele nunca mencionou um Eric, nem mesmo de passagem.

— Jamais ouvi falar dele.

Mia deixa escapar um suspiro longo e triste.

— Essa é a questão. Eles não são mais amigos.

Desanimado, sinto os ombros caírem. Finalmente, dou-me conta do que estou enfrentando. Isso é muito mais profundo do que a questão de quando e onde contar para Max que estou louco pela irmã dele. Trata-se de saber se Mia vai se permitir superar um enorme obstáculo.

No entanto, Mia me surpreende passando os braços em torno do meu pescoço. Pressionando os seios no meu peito. Deslizando o seu corpo contra o meu.

— Mia... — E desta vez a advertência é real. — Você me diz que não devemos fazer isso, e depois *faz isso*.

— Só falei porque queria que você estivesse por dentro dos fatos. — Ela respira fundo. — Mas não quero que a gente pare.

Fecho os olhos, sentindo o corpo cambalear como se tivesse bebido demais. Mas só consumi um ou dois copos de uísque mais cedo. Não é o álcool que me faz sentir desse jeito. É a incerteza de abrir o meu coração. Mesmo assim, não quero resistir a ela. Passo os braços em torno da sua cintura, trazendo-a para mais perto e caminhando para trás com ela rumo ao balcão da cozinha.

— Não consigo raciocinar direito quando estou tocando você — digo, com a voz mais áspera do que nunca.

— Eu também não — Mia afirma, encostada no balcão.

Então, eu a ergo, e ficamos cara a cara e um olhando nos olhos do outro.

— O que estamos fazendo? — pergunto, encarando-a. Não meço as palavras. Eu as entrego sem rodeios: — Não quero metade de você. Não quero apenas uma aventura com você.

— Também não quero isso. Tudo o que sei é que não quero magoar Max.

— E eu não quero magoar você.

— Mas ainda estou aqui — Mia diz com a voz clara e o olhar intenso.

— E não sei como parar de querer você.

Essa mulher está acabando comigo. Nem sequer sei se posso tê-la do jeito que desejo. Mas também não quero deixá-la ir. Isso significa que preciso mostrar para ela. Preciso convencê-la de que vamos ser diferentes. Que eu não sou Eric, ainda que não saiba nada a respeito dele.

Eu me inclino e empurro a alça do vestido dela sobre o ombro.

— Não quero te magoar. — Beijo-lhe o pescoço e a clavícula. — Isso não vai acabar mal, Mia. Prometo.

— Patrick... Você não sabe.

Beijo o seu ombro, e ela se arrepia.

— Sei, sim. E estou falando sério. Não sou esse cara — digo.

Como tornar isso mais óbvio sem explicar tudo a ela? Acontece que Mia não está pronta para ouvir a verdade: não deixarei que isso acabe mal porque, se depender de mim, não vai acabar. Em vez disso, seguro o rosto dela e afirmo:

— Você precisa saber que farei tudo para tornar isso bom para você. Tudo entre nós será bom.

Mia treme e me abraça com mais força.

— Já é muito bom.

Nós nos olhamos nos olhos, e o ar entre nós está carregado como um fio elétrico. Pronto para pegar fogo.

— Então, o que quer, Mia? Você sabe o que eu quero: *você*. Quero tudo de você e amanhã vou dizer a Max que sou louco pela irmã dele. Mas, se você acha que não devia estar fazendo isso, tudo bem. Não faremos isso. Se você quiser ir embora, serei o homem que vai te deixar partir.

Mia fecha os olhos e, quando os abre, as suas íris esverdeadas cintilam de calor, de ardor, de necessidade insaciável que reconheço num instante. É como me sinto.

— Não vou a lugar nenhum. — Ela sorri. — A não ser a sua cama. Agora mesmo.

18

AS NOSSAS MÃOS SE MOVEM EM VELOCIDADE FURIOSA QUANDO chegamos ao quarto.

Ela tira a minha gravata com o nó afrouxado, jogando-a sobre a cama. Os seus dedos ágeis trabalham rápido nos botões da minha camisa.

— Meu Deus, você estava tão tesudo de terno... É quase um pecado tirá-lo — Mia sussurra quando chega ao último botão. — Mas estou disposta a cometer esse erro.

— Não consegui tirar os olhos de você a noite toda, desde o momento em que você entrou no ancoradouro. — Então, eu a giro e baixo o zíper do seu vestido até a cintura.

Ela usa um sutiã sem alças, e, meu Deus, as suas costas são muito sensuais, bastante lisas e macias. Solto o sutiã e deslizo os dedos pela sua espinha.

Mia se arqueia ao meu toque. Em seguida, pressiono os lábios no seu pescoço e vou beijando lentamente as suas costas. Ela se arrepia com cada beijo. Quando paro, eu a faço girar de novo para me encarar, deslizo as alças do vestido pelos braços e o deixo cair até a sua cintura.

Perco o ar.

— Mia... — Seguro os seus seios, passando os polegares nos seus mamilos, sentindo-os enrijecerem com a carícia. — Você é linda. Vou parecer um disco arranhado. Mas, meu Deus, olhe pra você! Não acredito que você está aqui e eu estou te tocando.

Mia corre as mãos pelo meu peito.

— Não pare — ela pede.

Rapidamente, cuidamos do resto das roupas. Ela abre o zíper da calça do meu terno, enquanto eu puxo para baixo a saia do seu vestido, deixando o tecido amarelo-claro se ajuntar no chão. Todo o resto desaparece em segundos. Então, contemplo a mulher estonteante diante de mim. O *piercing* prateado no umbigo brilha ao luar. Passo o polegar nele.

A minha boca está seca, e o meu coração, aos pulos. Meu pulso dispara.

— Você... — digo e não consigo mais articular nenhuma palavra. E, com delicadeza, empurro Mia para a cama.

Ela afunda no colchão. Ajoelho-me diante dela e abro as suas pernas. Mia ofega.

Afasto as pernas ainda mais, apreciando a visão da sua xoxota molhada.

— Preciso provar você.

— Faça isso — Mia geme, reclinando-se sobre as mãos, com os seios empinados, as costas arqueadas, as pernas bem abertas para mim.

Deslizo as mãos sob suas coxas e enterro meu rosto entre elas.

E chupo.

E chupo.

E chupo.

Mia é a mulher mais inebriante que já provei. Ela tem um gosto agridoce, e está tão úmida... A sua umidade reveste a minha boca, escorre no meu queixo, cobre a minha barba.

Não me canso de Mia. Meu pau lateja. É um peso e tanto entre as minhas pernas, e que dói à medida que eu a devoro.

Algo acontece quando tocamos na pessoa com quem fantasiamos durante meses. A pessoa pela qual ansiávamos. Não queremos só transar com ela; o desejo é também de adorá-la com cada parte nossa.

Neste momento, a minha boca vai transmitir essa mensagem, porque é assim que me sinto: quero fodê-la com a minha língua e acariciá-la com os meus lábios.

Quero que ela saiba quanto eu quero foder cada parte dela e quanto eu a adoro. É assim que saboreio. É assim que a devoro. Esse é o jeito que eu a quero: de todas as maneiras. Mexo a língua junto à deliciosa protuberância do seu clitóris. Ela segura a minha cabeça e enfia os dedos com força no meu cabelo.

— Ahhh... — Mia geme, puxando-me para mais perto.

Não sei se consigo enterrar o rosto ainda mais na terra prometida, mas, se Mia precisar mais de mim, vou lhe dar. Eu lhe darei o que ela pedir.

Enquanto chupo o seu clitóris, Mia agarra com mais força a minha cabeça. Então, ela leva para cima as pernas, para que os pés fiquem apoiados na beira da cama. Assim, ela suspende os quadris, arqueando, empurrando e fodendo o meu rosto.

Acelero, arrastando a língua para cima e para baixo do seu clitóris, lambendo cada gota da sua umidade. Depois, repito, já que ela está ficando ainda mais molhada, banhando a minha língua com o seu desejo.

A xoxota de Mia é o centro do meu universo, e o seu perfume penetra nas minhas narinas. Conforme os seus gemidos aumentam, enfio um dedo dentro dela. O seu suspiro é longo e selvagem. É um sinal de que ela quer mais. Então, passo a usar dois dedos dentro da sua xoxota, e ela despenca para trás. A sua cabeça bate na cama, as suas pernas se abrem ainda mais, e as suas mãos não soltam a minha cabeça.

Mia geme e se contorce.

— Está muito perto...

Goze em mim, tenho vontade de lhe dizer, mas não vou largar a sua xoxota. Sou um homem absorvido pela tarefa em questão: fazê-la gozar tão intensamente para ela se esquecer de qualquer razão que já tenha tido para recuar. Fazê-la gozar loucamente para ela saber que ninguém mais vai lhe provocar uma sensação igual.

Movimento o rosto para a frente e para trás com rapidez, chupando-a e beijando-a durante o seu orgasmo, com Mia se balançando contra mim como se não houvesse amanhã. Ela geme e grita *delícia, delícia, delícia* à medida que o ritmo do seu corpo vai desacelerando.

Mia relaxa, deixando as mãos caírem na cama e expelindo o ar com satisfação.

Levanto o rosto, esfrego a mão na boca e olho para a minha linda mulher. Mia, exausta e resplandecente, continha murmurando. Rastejo até ela e a faço sentir o peso do meu pau na sua barriga.

Mia abre os olhos e sorri. Os seus olhos castanho-claros com salpicos verdes brilham.

— Oi — ela diz um pouco rouca. Em seguida, dirige a mão para o meu pau e o agarra.

Respiro fundo e solto um gemido.

— Oi... — consigo dizer, e sinto um calafrio quando ela começa a me masturbar. Ela o explora, trilhando a cabeça dele com o polegar.

— Gosto disso. Gosto de você — ela diz, sensual como uma gata, agarrando o meu pau com mais força.

O sorriso de Mia desaparece, e ela solta o meu pau, que sente muito a falta da sua mão.

Ela toma um impulso com os cotovelos. Fico tenso e me preparo para algum tipo de mudança. Mas, em vez disso, Mia me faz a pergunta mais maravilhosa do mundo:

— Podemos transar sem camisinha? Eu tomo pílula e estou limpa. Você está limpo?

— É claro que sim!

Então, seguro o meu pau, me acomodo entre as suas pernas e esfrego a cabeça dele na xoxota quente dela.

Mia ergue os quadris à minha procura. Chamas lambem a minha pele, e deixo escapar um gemido. É uma loucura. Não há nada como isso. Nada como saber que a minha Mia quer as mesmas coisas que eu quero agora.

Ela está pronta. Está muito molhada. Mas quero que Mia implore. Quero que ela precise de mim. Quero que ela saiba a partir do jeito como eu faço sexo com ela que não sou como nenhum outro homem do seu passado. Preciso que ela saiba que sou o homem que ela sempre vai querer.

Agarro o meu pau e o esfrego nela, tocando a sua umidade com a cabeça, deixando-a me sentir por cima dela: para cima, para baixo, ao redor e bem ali, no seu ponto mais sensível. Esfrego e brinco, e volto a lhe causar um frenesi.

— Você está me deixando louca! — Mia grita, erguendo-se, balançando e tentando desesperadamente me atrair para o seu corpo, onde ela disse que me queria esta noite.

— Me quer dentro de você, Mia? — murmuro.

— Sim, quero, por favor! — ela geme.

Dou a ela apenas a cabeça, e isso me eletrifica. Sinto um arrepio, porque é muito bom.

— Quer que eu enterre o meu pau bem fundo em você?

— Sim, quero. Quero você bem dentro de mim — Mia diz, balançando os quadris.

— Você quer me sentir inteiro ou isto é o suficiente? — Enfio o meu pau mais um pouco. O significado deve ser bem claro. Se Mia me quiser, será melhor ela querer tudo o que tenho para dar.

— Eu quero você inteiro. Quero que você me foda. Quero você!

Ajoelhado entre as pernas de Mia, meto mais 2 centímetros. Sinto um calafrio.

— Que tal assim?

— Mais — ela geme.

— Você quer tudo?

— Sim! — ela diz, praticamente tirando as costas da cama. — Quero você inteiro.

Entrego os pontos e mergulho, enterrando o meu pau dentro de Mia, e então me abaixo na direção dela.

— Quero que saiba que comigo você pode ter tudo.

Ela envolve as pernas em torno da parte inferior das minhas costas.

— Isso é o que eu quero.

Não me contenho. Fodo com força. Fodo devagar. Fodo depressa. Eu meto muito para que Mia saiba que ela é única. Dou-lhe tudo o que tenho enquanto me movimento. Quando giro os quadris. Quando enfio o meu pau na sua xoxota.

Ela geme, murmura e balbucia o meu nome. O seu cabelo é um emaranhado selvagem, com algumas mechas chicoteando o seu rosto. Mia se move comigo, com os quadris em um vaivém.

Nós nos movimentamos como se estivéssemos destinados a gozar juntos. Estendo o braço até a sua coxa, empurrando o joelho direito até o seu peito.

— Um pouco de ginástica vem a calhar — digo, rindo baixinho.

— O outro também — ela diz, e o prazer se espalha por todo o meu corpo.

Empurro o seu joelho esquerdo para cima. Assim, os dois joelhos ficam junto ao seu peito. Em seguida, Mia os pendura nos meus ombros. Ela mexe as mãos entre nós, deslizando-as até o meu rosto. Agarrando o meu queixo, ela me deixa fazer todo o trabalho, entregando-se ao modo como eu a fodo.

— Nós nos encaixamos... — Mia diz, ofegante.

— ...incrivelmente bem — murmuro, metendo nela. Quando recuo, meu pau desliza junto ao seu clitóris, e ela geme ruidosamente.

— Assim, assim! — Mia ofega, e eu soco o meu pau com mais força, deixando-a cada vez mais louca.

Mia crava os dedos no meu queixo, geme e sussurra *meu Deus, meu Deus, meu Deus*.

Então, ela passa a se lamentar. É lindo e primitivo. O mundo desaparece quando Mia goza de novo. Ela se perde no seu orgasmo, com os olhos fechados, a respiração irregular e os lamentos guturais e maravilhosos.

Também não tenho mais palavras. Sou apenas grunhidos e rosnados.

Soco mais rápido, com mais força, com mais fúria. Então, a minha visão empalidece e o quarto se transforma em um borrão. O prazer crepita ao longo da minha espinha, cresce dentro de mim e se move rapidamente até o meu pau. Logo, esvazio-me dentro dela, enchendo-a de esperma.

Desmorono sobre Mia, passo os meus braços em torno dela e murmuro no seu ouvido:

— Sou doido por você. Não vou te deixar ir embora.

— Ainda bem que não vou a lugar algum. — Mia sorri.

19

APOIO-ME NO COTOVELO.

— Gosto do som de "não vou a lugar algum", mas sinta-se à vontade para explicar em detalhes.

Os olhos dela brilham como se Mia tivesse acabado de comprar passagens para Paris e mal pudesse esperar para dar a notícia.

— Estou me mudando para Nova York.

E a Cidade das Luzes não chega aos pés dessa outra cidade.

Surpreso, pisco.

Não pode ser verdade.

Caí no sonho mais vívido e luminoso da minha vida.

— Está brincando comigo, Mia?

Ela faz que não com a cabeça. O seu sorriso é tão largo quanto o céu, e a sua voz transborda alegria:

— Não estou brincando. Decidi transferir a Pure Beauty para Nova York. Estou entusiasmada demais com isso, e tudo foi finalizado hoje. Agora posso te contar. Era o que eu ia te dizer antes de Harper fazer o anúncio do bolo, no casamento.

— Era isso? — Imaginei que era algo sobre o tal Eric, já que foi sobre ele que ela começou a falar quando chegou.

— Sim. Mas aí, quando cheguei aqui, tinha outras coisas que queria que você também soubesse e, sinceramente, depois disso, tive de me concentrar em deixar você nu.

— É, também fiquei a fim do lance da nudez — digo, admirando a sua pele nua. Mia está deitada ao meu lado, na minha cama. Se estivesse sendo interrogado sob juramento, ainda teria de considerar isso como sendo um sonho. — Você não está mesmo brincando comigo a respeito da mudança, não é?

— Pelo jeito, você me acha uma trapaceira malvada, porque isso seria uma piada cruel. — Mia pressiona o meu peito e, depois, passa os dedos pelo meu tronco, dançando pela superfície plana do meu abdome, como se só agora tivesse percebido que tem permissão para me tocar sempre que quiser.

Ela sempre teve.

Mas...

Afastando a distração, pego a mão dela e entrelaço os nossos dedos, apertando.

— Você está falando sério?

— Sim. O podcast? A minha epifania? Todas as novidades sobre a minha empresa? Com certeza, não se trata de produtos de beleza para gatos. É que eu quero estar aqui em Nova York.

Zeus pula na cama, como se estivesse na hora. Ele pousa sobre as suas patas silenciosas e caminha pelas cobertas, esgueirando-se entre nós. Acaricio o seu dorso, e ele se arqueia na minha mão.

Mia coça o queixo dele.

— Você é naturalmente bonito, querido, não precisa de nenhum produto de beleza — ela diz para ele.

Lá se vai o meu coração novamente. Essa garota fala com o meu gato.

— O que te fez se dar conta de que queria morar em Nova York? Você sempre viveu na Costa Oeste.

— Tudo. — Mia acaricia Zeus, que se empoleira com altivez no travesseiro e começa a limpar a cara com sofreguidão. — Estar aqui me fez perceber o que eu perdia todos os dias: os meus irmãos, pois ambos estão aqui agora, é claro. Todos se mudaram da Costa Oeste para Nova York. Além do mais, tenho grandes amigos na cidade, como Dylan e Olivia, e alguns dos meus fornecedores estão sediados aqui, o que é um facilitador para os negócios. Lisa, minha vice-presidente de produtos, cresceu em Connecticut. Assim, a mudança também é boa para ela. E, quando jantei com os meus irmãos no fim de semana passado, tudo se cristalizou. Josie agora é minha cunhada, e quero conhecê-la melhor. O mesmo também valerá para Henley em breve. Não quero ser o lobo solitário do outro lado do país enquanto todo mundo segue com a vida. Meu desejo é estar perto da minha família. Os meus irmãos são as duas pessoas mais próximas de mim, e sinto cada vez mais saudade deles todos os dias. Eles talvez até venham a ter filhos em breve.

Intrigado, arqueio uma sobrancelha.

— Isso significa que Chase tem de levar Josie ao altar imediatamente?

Mia dá risada e nega com um gesto de cabeça.

— Não. Pelo menos, acho que não. Porém, Max vai se casar dentro de alguns meses, e não tenho dúvida de que Chase e Max vão ter filhos no futuro próximo. Quero vê-los regularmente. Pretendo também ver regularmente os sobrinhos e as sobrinhas que decerto terei. Me sinto muito bem com essa decisão.

Eu também.

No entanto, me sentiria um pouco melhor se por acaso ela incluísse na lista de razões o cara com quem acabou de transar. A única coisa que Mia não mencionou fui eu. Mantenho o clima leve e divertido quando digo:

— E, sem dúvida, Zeus foi um grande fator, já que você não consegue tirar as mãos dele.

— Ele é irresistível. — Em seguida, Mia tapa os ouvidos dele e cochicha: — Zeus sempre soube de tudo. Contei para ele no começo da semana que isso poderia acontecer.

Olho para o meu gato. Ele lambe uma pata branca e depois a esfrega no rosto.

— Francamente, Zeus! Não consigo acreditar que você escondeu isso de mim.

— Zeus é um psicanalista. Ele guarda todos os meus segredos. Acho que é como a relação entre paciente e gatinho.

— Ele é uma espécie de cofre.

É hora de parar de brincar. *Basta perguntar diretamente a Mia se eu entrei na lista de prós e contras.*

— Você está fazendo isso por nossa causa?

Mia engole em seco e arregala os olhos. A expressão dela me recorda uma adolescente pega metendo a mão na carteira da mãe.

— Por nossa causa?! — ela eleva a voz.

— É loucura perguntar isso? — Passo a mão pelo seu braço desnudo, já que, com certeza, aprecio ter obtido a permissão para tocá-la. — Lembro-me de toda uma conversa no início da noite acerca de não sermos capazes de parar de pensar um no outro.

Mia dá um tapinha no meu nariz com o dedo.

— Relaxa, Canguru. Eu não esperava que você me pedisse para me mudar e casar com você.

Entreabro os lábios, mas nenhum som escapa. A resposta de Mia me desconcerta. Porque, sinceramente, há uma parte de mim que gosta dessa ideia: mudar de casa e me casar. Talvez não hoje, talvez não amanhã, mas muito mais cedo do que tarde.

No entanto, talvez Mia não esteja nisso no mesmo nível que eu.

Quem sabe por causa de Eric...

Talvez por causa de Max.

Mais provavelmente por causa dela.

E sabe de uma coisa? Mesmo que ela ainda não esteja no mesmo nível, preciso ficar bem com isso. Quero Mia há muito tempo, e agora tenho a chance todos os dias de convencê-la como pode ser bom ficarmos juntos. A julgar pela duração e intensidade dos orgasmos que ela já teve, estou conseguindo conquistá-la com facilidade nesse quesito.

Hora de jogar com os meus pontos fortes.

Eu a ponho em cima de mim, com as pernas abertas sobre minha barriga.

— Traga esses lábios divinos e maravilhosos até os meus. Se você vai morar aqui, precisa começar a praticar a sua operação favorita de aritmética. Na caminhada, você disse que era multiplicação.

— Preciso pôr em dia a minha matemática. — Ela se inclina para a frente, com os seios roçando o meu peito enquanto me beija.

Dou um gemido ao sentir os seus lábios. Enfio a mão no seu cabelo e a beijo com mais intensidade, saboreando o gosto da sua boca. Sua língua se projeta entre os meus lábios, e nós dois gememos ao mesmo tempo.

O beijo se estende como ondas que quebram lentamente em direção à praia, com uma crista se espalhando para a seguinte durante o tempo que passo junto aos lábios que adoro.

Mas logo interrompo o beijo.

— Me deixa te mostrar como pode ser duas vezes dois todas as noites.

Agarro os seus quadris e a deslizo na direção do meu ventre. Meu pau está batendo continência, e faço questão de que ela receba uma saudação adequada no momento em que eu a trouxer para mim. Respiro fundo enquanto ela se dirige para a minha ereção.

— Você parece estar incrivelmente bem. — Em seguida, Mia começa a se mover, de maneira lenta e sensual, me prendendo e quase me deixando entrar.

Meu Deus, é muito bom com ela. É alucinante. É incrível. Um prazer quente e feroz toma conta do meu corpo. Observo cada movimento de Mia, com a sua figura firme subindo e descendo. Ela se esfrega em mim, me levando mais fundo, ganhando velocidade, deslizando a sua umidade quente para cima e para baixo. Os seus seios saltam, o seu cabelo balança, as suas unhas se cravam no meu peito.

Quando Mia fecha os olhos, joga a cabeça para trás e o seu pescoço parece bastante longo e convidativo. Empurro os quadris para cima, fodendo-a à medida que ela me fode. Mia deixa escapar sons cada vez mais altos e respira de modo cada vez mais selvagem e irregular. Ela grita que está quase gozando. Ao mesmo tempo, é obsceno e sexy quando a sua boca se entreabre em um O perfeito. Ao gozar, ela treme descontroladamente e desaba no meu peito, enfiando as mãos no meu cabelo e murmurando:

— Será preciso mais um para chegar a quatro.

— Vamos lá! — Eu a puxo pelas mãos e pelos joelhos, coloco-a de quatro e volto a enterrar o meu pau nela.

Que visão maravilhosa é ver Mia se inclinar para mim, no meio da minha cama, oferecendo o seu corpo e me deixando levá-la. Passo um braço em torno da sua cintura, deslizo a mão entre as suas pernas e esfrego o seu clitóris. Num instante, ela goza mais uma vez no meu pau.

Mia ofega e geme, e eu não preciso mais me segurar. É a minha vez, e passo a socar o meu pau rápido e com força nela. O prazer toma conta de todo o meu corpo, com o meu próprio orgasmo pulsando forte através de mim, explodindo quando berro o nome dela.

Depois de nos enxugarmos, eu a puxo para os meus braços.

— Gosto dessa última posição — Mia murmura, se aconchegando no meu peito

— Gosto de todas as posições com você.

Ela sorri.

— Sim, eu também até agora. Mas gosto mesmo dessa.

— Você quer dizer *estilo cachorrinho*, Mia? — pergunto, já que ela aparentemente não consegue dizer. — E eu achando que você era uma amante dos animais...

— Sim, Patrick, eu gosto do estilo cachorrinho. — Mia dá uma palmada no meu quadril. — E você é um cachorro.

— Vou considerar isso como um elogio. — Olho para o teto por um momento, pensando em como esta noite foi fantástica, mesmo que ela ainda não esteja a toda a velocidade como eu. — Ei, você acha que quando os cachorros transam, eles chamam de estilo cachorrinho?

Mia faz um gesto negativo com a cabeça.

— Não. É só *estilo*.

— Nesse caso, vamos ter muito estilo para fazer quando você se mudar para Nova York.

Mia se aninha ainda mais em mim, e eu agradeço às minhas estrelas da sorte por ela ser alguém que gosta muito de se aconchegar.

— Tipo talvez toda noite estilizando.

Beijo o seu cabelo, satisfeito por Mia estar comigo agora, e ainda mais determinado a provar para ela que se mudar para esta cidade será a melhor coisa que ela já fez.

20

Conversas com Zeus, o gato

O SOL BRILHAVA FORTE ATRAVÉS DA JANELA QUANDO A mulher se envolveu em uma das atividades favoritas de Zeus: esfregar a sua barriga. Ele demonstrou o seu apreço relaxando o dorso e esticando as pernas o máximo possível.

Supergato.

A pose elegante e sedutora mostrava como o seu corpo era longo e esguio. Dessa maneira, ela também podia admirar a sua barriga. Era uma pança bem bonita por qualquer padrão de mamífero: lustrosa e coberta de pelos muito macios.

— Você já soube da notícia? Vou ver você com mais frequência — a mulher disse.

O homem não estava. Ele saíra alguns minutos atrás, depois de se vestir, dar um tapinha na bunda da mulher e pegar as chaves.

— Ainda tenho muitos detalhes para resolver e preciso encontrar um lugar para morar. Ou eu poderia simplesmente morar com você — ela disse, rindo. — Psiu! Não conte para o Patrick que eu falei isso. Tenho certeza de que ele acha que é muito cedo. E muito louco. Desconfio de que ele achou que estou me mudando só por causa dele, e isso o assustou ontem à noite.

Zeus contorceu o rabo, mais uma característica bastante adorável que ele possuía. Que rabo bonito.

— Tomei essa decisão porque faz sentido pra mim. Vai ser fácil encontrar uma casa. Não quero assustar Patrick, ainda mais porque já estou ultrapassando um limite que jurei que nunca ultrapassaria depois do que aconteceu com Eric. Mas é diferente com Patrick. Entende o que eu quero dizer? Muito diferente. Não consigo ver isso acontecendo da mesma maneira desta vez, já que o que sinto por Patrick é muito maior.

Suspirando, ela se virou de costas.

— E, sem dúvida, eu quero vê-lo mais. É claro que ele é parte do motivo pelo qual estou me mudando. Adoraria vê-lo o máximo possível. Mas vai saber se Patrick está pensando algo parecido... — Sua voz ficou quase inaudível e se transformou em um longo suspiro. — Às vezes, a mente da gente vai a esses lugares quando estamos loucamente apaixonados por alguém, e há muitos meses. — Ela se vira para encará-lo. — Você sabe do que estou falando? É óbvio que sabe, sua raposa astuta. Vi o jeito como olha para aquela gata malhada.

Zeus respondeu com um ronronar intenso e retumbante. Ele gostava de achar que compreendia os humanos tão perfeitamente quanto qualquer felino.

21

O RELÓGIO CONTINUA AVANÇANDO PARA MAIS PERTO DA HORA do voo de Mia de volta à Costa Oeste esta noite. Ela me disse que não retornará a Nova York por um mês, visto que tem negócios para tratar em San Francisco e preparar sua mudança. Não vou contar os dias até ela voltar.

Isto é, os 34 dias. Tudo bem, os 34 dias e seis horas.

Max e Henley ficaram em um hotel ontem à noite. Então, depois de a minha faminta Mia devorar o café da manhã, ela subiu para o apartamento do irmão para enfrentar o trabalho do dia. Eu saio para uma corrida e um passeio de bicicleta. Depois, posto algumas fotos de uma caminhada recente de Zeus na sua conta do Instagram e respondo a inúmeras perguntas que ele recebeu nos últimos dias.

Mais tarde, Max me envia uma mensagem, me convidando para um jantar improvisado. Chase e Josie partem para a lua de mel amanhã, e ele vai recebê-los antes da viagem deles. Já que tecnicamente não é mais o dia do casamento de Chase, isso faz desta noite o momento de contar a Max.

Subo até o 25º andar com uma garrafa de vinho e me junto ao meu amigo, à sua noiva, aos recém-casados, a Olivia, que é a melhor amiga de Henley, e à mulher que fodi ontem à noite até ela gozar quatro vezes, com mais dois orgasmos esta manhã.

Sim, pessoal, vou mandá-la para San Francisco com meia dúzia de orgasmos em menos de 24 horas para Mia se lembrar de mim. Eu diria que é uma boa amostra. Também precisarei obter uma vitória em todos os aspectos, mas estou me concedendo uma medalha de ouro na categoria *Fazer Mia Miar*.

No jantar, Henley serve o seu agora famoso macarrão com queijo caseiro, enquanto recapitulamos os melhores e os mais engraçados momentos do casamento. Olivia relembra o berro de Harper na hora do bolo, e eu olho para os olhos de Mia, e, num instante, ela fica vermelha. Não consigo deixar de sorrir, porque adoro saber que tudo o que é necessário para deixá-la vermelha é um olhar intencional.

Tomo um gole de vinho, levanto e abaixo as sobrancelhas rapidamente, em um gesto de insinuação sexual. Mia mordisca um canto do lábio e depois baixa as pálpebras.

— Só um aviso. Eu também planejo gritar quando chegar a hora do bolo no casamento de vocês — Josie diz a Max e Henley, induzindo Henley a mostrar o seu anel.

— Por falar no nosso casamento, confiram o meu anel pela trigésima vez.

— É como olhar para o sol — Olivia declara.

Henley compara o seu anel com o de Josie.

— Os rapazes Summers têm muito bom gosto.

Mia pigarreia.

— Ahã. Onde você acha que eles aprenderam a escolher os anéis?

Dando risada, eu ergo um copo.

— Ao feliz casal e à arma secreta de uma irmã que ajudou a escolher os diamantes mais bonitos para os dois irmãos.

Quando o jantar termina, Max e Henley vão cuidar da limpeza e nos enxotam para a mesa de bilhar. Depois de uma rodada rápida, Chase e Josie vão embora, assim como Olivia. Os anfitriões se unem a nós à mesa, e Mia espia a hora em um relógio de parede.

— É melhor me certificar de que tenho tudo para o meu voo.

— Eu a ajudo a conferir — Henley diz, e as mulheres vão para o quarto de hóspedes. Alguns momentos depois, elas começam a ouvir o som da banda The Go-Go's enquanto Mia arruma as malas.

Respiro fundo. Max pega um taco, e Belinda Carlisle, a vocalista da Go-Go's, nos dá alguma privacidade, puxo o assunto que queria ter com ele havia meses.

— Parece ser um bom momento para eu te dizer algo que não me sai da cabeça.

Max me encara ao se alinhar para dar a sua tacada.

— Quer que eu conserte o seu carro de graça? — ele pergunta, deixando escapar um suspiro exagerado. — Tudo bem, se for preciso. Mas insisto que você me ponha em contato com o seu fornecedor de bicicletas. Quero uma das bicicletas fora de série do Carlos.

— Deixa comigo. — Sorrio. Então, pigarreio. — Porém, o que eu queria dizer é que eu me apaixonei pela sua irmã.

107

Ele endireita a coluna e pisca.

— Como é?

— Acho que você me entendeu — digo, sorrindo.

— Você está apaixonado pela minha irmã?

Não há nenhuma dúvida na minha mente. É onde estou no mapa com Mia: mergulhando de cabeça, e rápido.

— Foi instantâneo quando eu a conheci aqui, vários meses atrás. Nós tivemos uma conexão desde o primeiro dia.

Max respira fundo.

— Vocês sempre se deram bem — Max admite. — Estão juntos agora?

— Só começou pra valer ontem à noite. Eu queria que você soubesse assim que eu tivesse uma chance, e hoje pareceu o melhor momento, agora que os festejos do casamento acabaram.

Max assente devagar. Coçando a nuca, ele diz:

— Obrigado por me contar.

— Olha, você sabe que serei bom para ela. Vou tratá-la muito bem.

— Não tenho nenhuma dúvida.

— E, já que ela está se mudando para Nova York, nós vamos tentar de verdade.

— E ela está a fim disso? — Max parecia cético. Muito mais cético do que eu pensava.

— Sim. Ela está.

— Tem certeza?

— Sei como é e entendi — afirmo, zombando.

— Então, tudo bem. — E Max reinicia a caminhada ao redor da mesa, procurando a tacada certeira. Mas algo a respeito do estilo dessa conversa me incomoda.

— Não serei como o outro cara. Não vou magoá-la. Você não precisa se preocupar.

Max coça o queixo.

— Não é com ela que me preocupo, amigo. — Ele dá um tapinha no meu ombro e me imobiliza com o seu olhar sombrio. — É com você.

— O que quer dizer? — Fico tenso.

Max indica a cozinha com a cabeça.

— Quando Henley e eu estávamos lavando louça, ela disse que achava que você estava apaixonado por Mia, e pelo jeito está. Na minha humilde opinião, quando um homem se sente assim em relação a uma mulher, ele se abre para um mundo de mágoa se as coisas correm mal.

Não quero que as coisas corram mal. Está tudo parecendo bem. Porém, mantenho a boca fechada, enquanto Max continua:

— Não tenho dúvida de que você vai ser bom para ela. Porra, tenho certeza de que você será ótimo para ela! Eric também foi, mas o problema era que Mia não estava apaixonada por ele. Então, Eric não conseguiu superar a separação. É por isso que não somos mais amigos.

Com clareza brutal, entendo o que estou enfrentando. Quando Mia disse temer que isso não acabasse bem, foi um aviso. Ela pode não sentir o mesmo que eu.

22

NO CAMINHO PARA O AEROPORTO, FAÇO O QUE POSSO PARA tirar da cabeça a conversa com Max. Não há necessidade de bagagem, certo?

O que passou, passou.

O presente é um presente.

Não sou do tipo que perde tempo com o que deu errado. Concentro-me no aqui e agora. Em mim e Mia. No que posso oferecer a ela. *Normal, atencioso, maleável*. Essas são as minhas qualificações, e pretendo entregá-las.

Mantenho a conversa solta e fácil. Falamos sobre as novas linhas de produto em que Mia vem trabalhando e sobre o trabalho voluntário que ela espera fazer com resgate de animais aqui em Nova York.

— A WildCare é o meu xodó. — Mia tamborila no painel. — Preciso me ligar a algo assim em Manhattan.

— Não tenho dúvida de que nós podemos achar uma organização como essa para você — afirmo, entrando no estacionamento do aeroporto.

— *Nós*. Você disse *nós*! — Mia sorri.

Confuso, ergo uma sobrancelha enquanto procuro uma vaga.

— Alguma razão para eu não dizer *nós*?

Mia faz que não com a cabeça.

— Não. Simplesmente gosto que você pense em nós como nós.

Tudo bem, então. Marque um ponto para esse cara no Projeto Faça Mia se Apaixonar Loucamente por Mim.

— E espero que os próximos 34 dias passem rápido — ela acrescenta.

Dou outro pequeno suspiro de alívio. Sim, vou manter o curso. Desenvolver essa conexão que nós dois temos. É assim que lidarei com a questão Eric. Farei com que Max e eu continuemos amigos, porque a nossa amizade é importante para mim, e porque não pretendo perder a sua irmã. O meu objetivo é continuar conquistando o coração de Mia todos os dias.

E o seu corpo também.

E o seu estômago, já que sei que ele é uma rota importante para o seu coração.

— Você estará de volta a Nova York antes que a gente perceba — afirmo.

Então, lembro-me de uma reserva da qual Dana me falou na nossa reunião: uma viagem que ela queria que eu fizesse para a Califórnia. Talvez, apenas talvez, eu possa fazer uma visita a Mia durante a minha estada lá. Nada como uma pequena proximidade para fazer Mia se lembrar de que sou o cara em quem ela não consegue parar de pensar.

— Sabe, acho que tenho uma viagem para a Costa Oeste marcada para as próximas semanas. Algo em Tahoe. Ainda não tenho os detalhes.

— Que boa notícia! — Mia diz, com um brilho alegre nos olhos, enquanto estaciono o carro em uma vaga. — Talvez possamos almoçar juntos.

— Sim, vamos almoçar juntos, Mia — falo com ironia, já que nós dois sabemos que queremos mais do que um almoço.

Desligo o motor, abro a porta e apanho a pequena mala dela.

— Bagagem de mão?

Mia zomba:

— Como se houvesse outra forma de voar...

— Viajar com pouca bagagem. Adoro isso.

Quando entramos no saguão do aeroporto, Mia consulta o celular.

— Ah! — ela exclama, empolgada, erguendo as sobrancelhas.

— Deixe-me adivinhar. O seu voo foi cancelado, e você está animada com a possibilidade da meia dúzia de orgasmos extras que vou lhe proporcionar hoje à noite?

Os passageiros passam apressados por nós, os avisos ressoam no terminal, e Mia para de repente. Então, tamborila na minha camisa.

— Ou talvez a meia dúzia de orgasmos que você poderá me proporcionar em uma barraca.

O meu interesse cresce, assim como o meu pau. Passo o braço em torno da cintura dela e a puxo com força contra o meu corpo.

— Bem, olá, pau duro — Mia diz, ronronando.

Dou risada.

— Por falar em pau, em madeira e em mato, eu gostaria muito de ter você debaixo de mim em uma barraca — murmuro. — E também na sua posição preferida: apoiada nas mãos e nos joelhos.

Mia estremece, encostada em mim.

— Talvez em uma trilha isolada em algum lugar?

111

— Estou gostando do som dessa sedução no mato. Você, eu, uma fogueira e um saco de dormir para compartilhar. É nisso que está pensando? Porque eu adoraria fazer você gozar sob as estrelas.

Mia ronrona um *huuummm...* e beija o meu queixo.

Proximidade: é exatamente disso que precisamos para garantir que funcionamos. Temos de nos ver. De nos tocar. Preciso lembrá-la do motivo pelo qual ela está quebrando a sua regra por mim.

Mia recua e me olha nos olhos.

— Acho que gostaria de derreter marshmallows com você em, digamos, mais uma ou duas semanas, quando você comandar o retiro corporativo para o qual acabamos de contratá-lo.

O meu mundo para em meio a todos os bipes e apitos do terminal barulhento, as chamadas de embarque e os avisos de bagagens.

São um terreno baldio de sons para os meus ouvidos.

— O quê? — consigo dizer de algum modo, apoiando as mãos nos ombros dela.

— Sabe aquele seu cliente da Califórnia? Esperava que você fosse o responsável pela viagem, porque sou eu! É a Pure Beauty. Não precisaremos esperar 34 dias para nos ver! — Mia pula sem cessar, irradiando a mais pura alegria. — Surpresa!

— A cliente da excursão para o lago Tahoe? — pergunto, estupefato.

— Sim! Você me convenceu.

— Eu te convenci? — E agora fico duplamente estupefato.

— Você me contou como foi incrível a viagem para a empresa que se fundiu. E eu achei que, como estou transferindo os meus funcionários para Nova York, poderia ser uma ótima experiência de união para aqueles que estão fazendo a transição. E é algo que podemos continuar fazendo quando estivermos todos em Nova York. Para nos tornar uma equipe melhor. Para nos ajudar a navegar pela mudança. Não é isso que você aborda nos retiros corporativos?

— Sim — respondo, como se tivesse uma pedra alojada no meu peito, e coço o queixo.

— Desculpe... — Ela leva a mão à boca. — É muito cedo? É uma surpresa desagradável? Achei que seria ótimo para todos nós. Acabei de receber a confirmação de Felicia, que tratou de tudo. Ela disse que estava falando com Dana na sua empresa. Por isso fiquei tão empolgada quando olhei para o celular.

Mia me mostra um e-mail de Dana confirmando que *nosso CEO e fundador será ideal para a sua excursão a Tahoe e para as excursões mensais contínuas quando a sua mudança para Nova York estiver concluída. Não vejo a hora de você conhecer Patrick Milligan. Ele é um profissional completo das atividades ao ar livre, com anos de experiência, e todos os nossos clientes o adoram.*

A informação mexe comigo. Dana não me deu os nomes dos novos clientes no nosso último encontro. Não costumamos discuti-los quando planejamos quais guias vão lidar com as reservas. Designamos as viagens com base no nível de habilidade do guia e o tipo de retiro. Quando Dana me forneceu os detalhes básicos — uma pequena empresa querendo contratar excursões contínuas para promover uma transição ideal para um novo local —, ela disse que eu seria perfeito para isso.

E eu concordei.

Isso também significa que irei para a Califórnia ver Mia em duas semanas. O que vai diretamente contra as diretrizes corporativas que acabei de assinar.

— Mia, não poderemos nos envolver se eu trabalhar para você. Tenho uma regra rígida para todos os funcionários, inclusive eu.

O queixo dela despenca.

— O quê?!

— Tive alguns problemas no início deste ano. — E explico os problemas que me levaram a endurecer as regras. Dou um sorriso pouco convincente. — Você pode simplesmente romper o contrato.

Mia suspira com força.

— Felicia já transferiu o dinheiro.

23

POR UM MOMENTO — TUDO BEM, ALGUNS LONGOS MOMENTOS — isso parece insuperável.

Mas eu sou um homem ou não sou? Caramba, conduzo pessoas pelas trilhas mais difíceis, por montanhas e por corredeiras!

Se eu não conseguir encontrar um caminho nesse pântano, será melhor me demitir, e não é isso que vou fazer. Quando você está no meio do mato, resolve problemas. Bolas, se consigo acender uma fogueira com uma pilha e limpar uma marmita suja, então, com certeza, posso atacar esse problema de frente.

— Não se preocupe. Eu sei o que fazer. — E, em seguida, conto o meu plano para Mia.

Ela encolhe os ombros e me dá um sorriso torto.

— Por isso é que você não é um marsupial babaca.

Pego o rosto de Mia, beijo-a com força na frente dos viajantes de domingo à noite que se dirigem para terras distantes, e depois a observo vencer a fila do controle de segurança. Do outro lado do controle, ela acena para mim e aí se afasta.

Vou para o meu carro, pronto para enfrentar essa nova reviravolta. Na certa seria muito mais fácil conquistar de vez o coração de Mia se eu pudesse usar todas as ferramentas do kit. Eu gostaria que o meu pau desempenhasse o seu papel muito capaz de fazer Mia feliz.

Em vez disso, preparo-me psicologicamente para um tempo de retorno ao básico com Mia.

* * *

Alguns dias depois, em Gramercy Park, no jardim do terraço de um hotel, Evie me dá um olhar penetrante.

— Por que você não designa um novo guia para ela?

— É claro que isso me ocorreu — digo, já que foi a primeira coisa em que pensei.

— Então, por que não fez isso? — Evie perambula pelo estabelecimento exclusivo, um restaurante com dez mesas no jardim do terraço, que ela considera perfeito para um primeiro encontro.

Eu a sigo enquanto ela testa cada mesa, como Cachinhos Dourados, para um dos seus possíveis casais. O restaurante está vazio, já que é o meio da tarde, mas o gerente a deixou dar uma olhada.

— Porque dou conta do recado — afirmo.

Evie se senta, indica uma cadeira diante dela, e eu me acomodo.

— Além disso, Mia me requisitou — prossigo. — E sim, tenho guias, e ainda vou ter um guia local junto comigo, mas essa é a minha especialidade, comandando esse tipo de retiro e turismo de aventura. Por isso ela contratou a *minha* empresa. — Dou um tapinha no meu peito para enfatizar. — Por minha causa.

Evie se levanta e aponta para a próxima mesa. Eu a sigo.

— Tudo bem. Ninguém é tão bom quanto você. Eu entendo.

— Não foi o que eu quis dizer. Mas também é o que quero dizer. Se contratam você como casamenteira, querem você. Querem Evie Milligan, a casamenteira que procura a mesa ideal em um restaurante no jardim de um terraço para garantir que o seu potencial par perfeito tenha o melhor primeiro encontro possível.

Evie se vira e me encara.

— Mas, se eu tivesse casamenteiras subordinadas, delegaria parte do trabalho.

— Jura? — pergunto incisivamente, enquanto Evie testa uma mesa no canto direito com uma vista deslumbrante do centro de Manhattan. — Ou você mesma ainda testaria todas as mesas?

Evie semicerra os olhos e balança um dedo.

— Tudo bem, tudo bem, compreendo. Não é um caso cujo controle você possa passar. Então, por que não mudar as regras?

— Sem chance. Não foi à toa que revisamos as diretrizes para os funcionários. Não posso simplesmente dizer: "Ah, eu estava brincando". E com certeza não posso dizer que as regras não se aplicam a mim.

— Mas ela não é a sua namorada agora? Isso não a isenta?

— Por estranho que pareça, não previ esse caso no manual de conduta. — Dou um tapa na testa. — Onde eu estava com a cabeça?

Evie se levanta e eu a acompanho até mais uma mesa.

— Mas, falando sério, se eu usar essa brecha, Evie, qualquer um poderá dar status de relacionamento retroativo com quem transou. Não transar com os clientes deve significar não transar com os clientes.

A minha irmã passa a mão pela toalha de mesa engomada.

— Existem tantas transas no mato que você precisa dessas regras linha-dura?

Dou risada.

— Você já acampou, Evie? Juro que metade dos bebês do mundo foi concebida em barracas. Às vezes, é um tremendo festival de sexo.

— Acho que foi por isso que você entrou nesse ramo — Evie brinca.

Dou uma gargalhada.

— Mas, falando sério, está tudo bem. Eu tenho um plano.

Ela se senta na cadeira e cruza as pernas.

— E eu posso saber qual é?

Sento-me diante dela e exponho a minha estratégia:

— Vou participar da excursão com Mia, conforme contratado, conforme planejado. Mas também dedicarei algum tempo de antemão para encontrar o melhor guia para ela aqui na Costa Leste. Assim, poderei transferir a companhia de Mia quando ela se mudar para Nova York. Tenho gente suficientemente capaz de lidar com o tipo de excursão de um dia que ela vai querer quando estiver aqui. Assim, tudo de que preciso é trabalhar com Dana e encontrar o guia adequado. E, quanto à viagem para Tahoe, eu sou o cara. Sou quem precisa comandá-la. — Estalo os dedos. — E isso significa que serei um bom escoteiro.

Evie se dobra de tanto rir.

— Essa é boa.

— Por que isso é tão engraçado?

Evie aponta para mim.

— Acha mesmo... — Ela gargalha tanto que mal consegue respirar. — ...que você... — Um novo surto de gargalhadas. — ...consegue colocar o gênio de volta na garrafa?!

Endireito os ombros.

— Moleza.

Afinal de contas, o que há de tão difícil em uma semana de celibato com a mulher pela qual sou louco?

24

REALMENTE, O PRIMEIRO DIA É MOLEZA. DEPOIS DE PEDALAR-
mos pela manhã às margens do rio Truckee em *mountain bikes*, Mia e os seus 25 funcionários descansam um pouco para jogar o jogo "preso em uma ilha deserta" — uma quebra de gelo padrão para esse tipo de retiro.

— Quais são as três coisas que você gostaria de ter se ficasse presa em uma ilha deserta? — Mia pergunta do seu lugar sobre uma grande pedra na beira da água, com os raios de sol se estendendo pela superfície azul atrás dela.

Mia olha para Lisa, a sua vice-presidente, que descobri que é muito prática, algo demonstrado pela sua escolha: um mapa, uma faca e um telefone via satélite.

— Gosto disso. Vou ficar do seu lado. — Em seguida, Mia faz a mesma pergunta para um cara chamado Otis, que trabalha no departamento de TI.

Ele opta por calção de banho, protetor solar e uma *Tardis*, socando o ar ao estilo roqueiro.

— Tevê é algo educativo. Obrigado, *Doctor Who*! — Otis grita, referindo-se ao seriado de televisão em que aparece a espaçonave *Tardis*.

Mia externa o seu agradecimento pela resposta de Otis:

— Você sempre foi um mestre em achar soluções alternativas.

Passamos pelo resto do grupo e, quando é a vez de Mia, ela bate o dedo no lábio.

— Escolho um avião, um piloto e... um pouco de combustível.

Dou um sorriso para ela que diz *mandou bem*.

— E você, Patrick? — Lisa, com o seu cabelo preto arrumado em um rabo de cavalo alto, espia por cima dos óculos escuros. — É justo que os guias também joguem. — E aponta para mim e para Blair, uma guia que contratei recentemente.

Blair praticamente vive e respira a natureza. Tranças gêmeas caem pelas suas costas, sardas cobrem o seu rosto, e ela está sempre sorrindo. Ela vai ficar conosco durante toda a excursão, já que o grupo é grande o suficiente e precisa de dois guias.

— Quer responder primeiro, Blair?

Ela faz que não com a cabeça, balançando as tranças.

— Nem pensar. Estou morrendo de vontade de saber o que o chefe gostaria de ter.

— Sim, conta pra gente — Otis pede, esfregando as mãos, instigando-me.

Olho para Mia, que assume uma expressão brincalhona do tipo *estamos esperando*.

Bufo, encaro o céu azul luminoso e faço de conta que estou pensando na pergunta.

— Uma escova de dentes, com certeza. Afinal, quem quer ter mau hálito quando está preso numa ilha, não é?

Intrigada, Lisa semicerra os olhos, como se eu realmente não pudesse ter dado essa resposta.

— Um petisco seria bom — acrescento, franzindo a testa, fingindo estar ponderando profundamente sobre a questão. — Talvez algumas barras energéticas ou um pacote de castanhas.

— Isso é o que você ia querer? Um pacote de castanhas? — Otis, incrédulo, me encara com os olhos esbugalhados como os de um personagem de desenho animado.

Ergo um dedo e digo:

— Ainda não cheguei ao meu terceiro item. Eu também gostaria de ter Mia comigo... Porque ela tem um avião, um piloto e combustível.

Otis assobia.

— Eu me curvo a você. Essa é a melhor solução de todos os tempos.

Mia dá risada e brinca:

— E vejo que Patrick é excelente não só em passeio com mochilas, mas também em ser carregado nas costas.

Quando o descanso termina, pouco antes de montarmos em nossas bicicletas, Mia sussurra para mim com uma voz provocante:

— Aproveitador...

Esboço um sorriso de canto de boca.

— Ei, você deveria se comportar, garota.

Passeamos pelo lago durante o resto do dia e voltamos para a pousada, onde todos nós vamos ficar nas duas primeiras noites da viagem de quatro noites. Após o jantar e algum tempo de relaxamento, encerro o dia.

Sozinho.

No meu quarto.

Admito que uma parte de mim espera que Mia venha aqui, do outro lado da pousada, para me visitar, na ponta dos pés.

Ok, duas partes de mim: o meu pau e o meu coração.

E tudo bem, o meu cérebro também quer.

Mas fizemos um trato.

Ou, na verdade, eu insisti em um, e ainda bem que Mia está fazendo a minha vontade. E a palavra *vontade* me faz lembrar da posição sexual predileta dela, que me permite me encaixar perfeitamente no seu corpo, enquanto ela geme, grita e se volta para trás para me ver e me mostrar quanto está gostando do que estamos fazendo. Céus, não vejo a hora de tê-la na minha cama, morando na minha casa.

É um momento agudo de clareza, uma epifania.

E eu gemo com a simples constatação de que quero que ela more comigo. Não é apenas uma parte de mim que deseja isso, como eu achava quando brincamos a esse respeito no meu apartamento. Todas as partes de mim querem isso. Nada de perder tempo com lugares separados. Pretendo pegá-la no aeroporto quando ela chegar a Nova York daqui a 24 dias e levá-la para a sua nova casa.

A minha.

* * *

Na manhã seguinte chega o momento da atividade com caiaques. Blair conduz essa parte do programa, e eu a auxilio. Depois de algumas horas, o grupo faz uma pausa para o almoço. Todos se dirigem para as mesas de piquenique, mas Mia fica para trás, esperando por mim.

— Então... — Há um tom curioso na sua voz.

— Então... — digo.

— Blair é bonita.

Olho para Blair, que está muitos metros à frente, e depois para Mia, que está ao meu lado.

— Ela é?

— Você sabe que sim.

Arqueio uma sobrancelha.

— Sei?

— Sabe muito bem.
— Não sei nada a esse respeito. — Adoro o ciúme de Mia.
Ela semicerra os olhos e murmura:
— Você acha a garota bonita?
— Mia, ela trabalha para mim — respondo, suspirando.
— Acha ou não? — ela pressiona.
Sorrio.
— Não saber te deixa louca, não é?
— Sim — ela responde, com um olhar intenso.
— Por quê?
— Porque...
— Fale, Mia.
Ela cruza os braços e bufa.
Dou de ombros e caminhamos em direção às mesas.
— Tudo bem, não fale.
— Não quero que você ache nenhuma outra mulher bonita — Mia diz baixinho.

Essa é outra vantagem na busca de ganhar todo o seu coração: uma Mia ciumenta e possessiva. Gosto muito do lado ciumento dela. Naturalmente, não tenho escolha a não ser provocá-la ao seguirmos sem pressa pela água. Um esquilo passa correndo pelo chão, e eu aceno para o amiguinho.

— Que tal um esquilo? Os esquilos são bonitinhos.
— São.
— Que tal os passarinhos? O tipo que você resgata.
— Pare com isso. Você sabe que considero os passarinhos adoráveis, e é óbvio que você pode achá-los bonitinhos também.
— E as raposas? Como a sua tatuagem sexy...
— As raposas são as coisas mais fofas.

Paro, cruzo os braços e espio por cima dos óculos escuros. Em uma voz apenas para os ouvidos dela, finalmente lhe dou o que ela quer:

— Lebre, só tenho olhos pra você.

Ainda que estejamos lado a lado, olhando para a água, posso dizer que o seu sorriso está se alargando amplamente.

A segunda noite é mais difícil.

No entanto, o meu exemplar de *Nada é para sempre* — o livro, não o filme com Brad Pitt — me mantém ocupado, assim como algumas horas de trabalho checando com Dana as outras excursões em andamento e entrando em contato com clientes e fornecedores. Antes de me deitar para dormir, Daisy me envia uma foto de Zeus esfregando o focinho no vaso de *catnip*, com a legenda: *Finalmente você deu a erva pra ele!*

Dou risada, porque tenho certeza de que Mia iria adorar ver essa foto. Saio do meu quarto e a encontro aconchegada em uma cadeira na sala de estar da pousada, lendo um artigo da *National Geographic* sobre a exploração do Ártico. Pego a cadeira em frente a ela e lhe mostro a tela do celular.

— Zeus amou o seu presente.

Mia larga a revista.

— Faça com que Zeus elabore uma lista do que ele gosta e não gosta. Assim, poderei continuar a dar os melhores presentes para ele quando eu me instalar em Nova York.

Mia em Nova York. Essas palavras têm um som estranho. A ideia de ela morar na mesma cidade que eu parece esquisita e quase irreal. Talvez porque, neste momento, estejamos nesse estado intermediário, procurando equilibrar todas essas outras complicações: a sua mudança, a minha amizade com o seu irmão e o obstáculo mais inconveniente de todos — a atual situação de não podermos nos tocar.

Eu gostaria muito de tocá-la, simplesmente para me reconectar com o seu joelho, o seu ombro, o seu cabelo. Sou um homem faminto, e qualquer pedacinho serve.

— Zeus aguarda ansiosamente sua generosidade — digo.

Isso parece ainda mais surreal, como se eu estivesse conversando com ela através do meu gato, que nem está aqui. *O que realmente quero dizer é que não vejo a hora de lhe dar carinho todos os dias. E então você vai me dizer quanto também está ansiosa por isso.*

Por que diabos não verbalizo as frases? Talvez porque a advertência de Max tenha me confundido. E talvez eu esteja conferindo a isso demasiado poder. Mas também ainda não conheço todo o coração de Mia. Ela não o compartilhou comigo. A última coisa que quero é amedrontá-la. Pretendo acalentar essa coisa florescente entre nós, dar toda a chance de se tornar tudo o que quero que seja. É por esse motivo que mantive a boca fechada. Afinal, um pequeno ataque de ciúme dificilmente acaba com Mia me perguntando se pode se mudar para a minha casa. Aqui, não estamos totalmente falando a mesma língua.

Mia inclina a cabeça para o lado.

— Sente saudade de Zeus quando viaja?

Viro o meu celular e vejo a foto do garotinho mais uma vez.

— Sinto sim. — E a olho nos olhos. — E você?

Mia lambe os lábios, com os olhos presos nos meus e a voz baixa e suave:

— Sinto saudade dele. Muita.

Não estamos falando exclusivamente sobre o gato.

Mas também não tenho certeza do que estamos falando.

Esse é o problema.

Quero que a gente fale das mesmas coisas, sinta as mesmas emoções e deseje esse grande amor que acredito que podemos ter. E alguém vai precisar se voluntariar e falar primeiro.

Porém, se eu falar tudo isso agora, dificilmente vai parecer que estou seguindo as minhas próprias diretrizes. E se estamos tentando colocar o gênio de volta na garrafa, agora não é o momento para transar ou para declarações de que *preciso de você comigo o tempo todo*.

* * *

No dia seguinte, a caminhada com mochilas começa, e conduzo o grupo da Pure Beauty pelas colinas e pelas matas, parando para tirar fotos e perder o fôlego com a vista: picos, vales e árvores gigantescas. Depois do meio-dia, chegamos ao local do acampamento, e eu trabalho com Blair para montar as barracas para as duas primeiras noites ao ar livre.

Um pouco mais tarde, ao redor da fogueira, Mia conduz mais jogos de união e formação de equipe, incluindo uma rodada improvisada de "Qual é o seu talento especial?". Mia exibe o seu truque: uma caminhada de ponta-cabeça ao longo de 6 metros. Parece que as suas mãos e os seus braços funcionam como pés e pernas de cabeça para baixo. Também tenho a chance de mostrar o meu talento, preparando o melhor *s'more* de todos os tempos. Blair me ajuda com os marshmallows e, por um momento, pergunto-me se o ciúme de Mia vai voltar, mas ela parece focada no seu trabalho.

O que eu admiro.

De forma egoísta, porém, eu gostaria que ela desviasse a atenção para outro lugar.

Mas, quando fica escuro e silencioso, e só as corujas estão arrulhando, e os grilos cantando, ela faz exatamente isso.

25

A SILHUETA DE MIA FICA EMOLDURADA PELAS ABAS DA entrada da barraca quando ela abre o zíper.

Mia olha para trás e sussurra:

— Ninguém à vista.

Sorrio ao vê-la se esgueirando para dentro da minha barraca à meia-noite. É uma fantasia que se torna realidade.

Silenciosamente, amaldiçoo a minha realidade. Não posso me aproximar dela. É muito arriscado. É muito tentador. Mas não a impeço de rastejar para perto de mim. É lógico que posso ficar perto dela sem beijá-la e sem deslizá-la para baixo de mim.

Mia se senta de pernas cruzadas, e as covinhas do seu rosto aparecem brevemente.

— Oi — ela sussurra, levando-me de volta instantaneamente ao seu *oi* na noite em que estivemos juntos pela primeira vez na minha cama.

— Oi. — Mudo de posição no meu saco de dormir, apoiando-me no cotovelo.

— Eu não devia estar aqui. — Ela esboça um sorriso culpado.

— Você não devia estar aqui — repito.

Mia observa as abas da barraca, que estão com o zíper fechado.

— Não quero ir.

— Não quero que você vá.

— Nisso reside o dilema. — Mia respira fundo. — Devo ir?

— Você deve... — E aproximo dela a minha mão.

Mia observa os meus dedos errantes.

— Não quero provocar...

O calor umedece a minha pele.

— Provocar você ou a mim?

Mia engole em seco.

— Nenhum de nós.

Respiro fundo.

— Acho que não há nada de errado em conversarmos, não é?

— Absolutamente nada. — Mia balança a cabeça.

Pego a sua perna e passo os dedos pela sua canela, onde a calça de ioga termina. Os seus lábios se entreabrem em um suspiro, e a sua mão se dirige para a boca, calando um gemido. Dou um meio sorriso. Adoro ver que o meu toque mais leve a excita.

— Como você está? — pergunto.

— Estou excitada agora, e é tudo culpa sua.

Os meus dedos sobem até o seu joelho.

Mia morde o lábio e chega mais perto de mim. Passo as pontas dos dedos na sua coxa. Ela cerra os olhos, e os seus lábios se entreabrem, deixando escapar um suspiro de prazer.

— Você não devia estar aqui — torno a sussurrar.

— Eu não devia estar aqui — Mia diz, como se estivesse em transe.

Percorro as suas pernas com os dedos e registro todos os seus movimentos. O jeito como os seus joelhos sutilmente se afastam. Como ela estica o pescoço. A maneira como o seu cabelo cai contra a sua pele. Como as suas costas se arqueiam, enquanto um arrepio a percorre por inteiro quando a minha mão alcança a dela e eu entrelaço os nossos dedos.

— Então, por que você está aqui? — pergunto, suplicando por sua resposta. É uma tortura, uma tortura absoluta ficar tão perto dela. Mas eu a recebo bem, porque mesmo um pouco de Mia vale o tormento.

A sua respiração está entrecortada. Os seus olhos se abrem. Ela se inclina para mais perto, aproximando o rosto do meu.

— É difícil resistir a você. — A confissão espalha calor por todo o meu corpo.

— É bom saber que também é difícil pra você. — E continuo a jornada com os meus dedos, alcançando o seu quadril. — Tenho uma curiosidade: por que você mandou fazer uma tatuagem de raposa?

Ela sorri.

— Uma raposa foi o primeiro animal que salvei na natureza.

— É mesmo?

— Quando eu tinha 9 anos, encontrei um filhote na mata perto da minha casa. Os meus pais estavam trabalhando. Então, Max me ajudou a trazê-lo para casa com segurança e ligou para a WildCare, enquanto Chase cuidava dele.

Dou uma risadinha.

— O começo do dr. Chase como médico de uma raposinha, exibido no jornal das 10 da noite.

— A verdade vem à tona.

— É por isso que você é voluntária da WildCare.

— É por isso que faço o que faço na Pure Beauty — Mia diz com paixão. — Eu amo os animais, e quis ajudá-los a vida toda. Não quero machucá-los. Não quero fazer testes neles. Por isso criei essa empresa, porque adoro aromas, cheiros, loções e poções legais, e preciso mostrar que é possível tudo coexistir.

Aperto a sua coxa.

— Adoro que você se sinta assim. É uma dádiva fazer o que se gosta.

— O seu autor favorito não disse "Faça o que você ama. Conheça o seu próprio osso. Roa-o, enterre-o, desenterre-o e torne a roê-lo"?

— Você tem estudado as melhores citações de Thoreau?

— Quem sabe... Mas também acredito nisso. Por essa razão quero fazer o certo pela Pure Beauty. — Mia inclina a cabeça para indicar as outras pessoas nas suas barracas e, tomada pela emoção, prossegue: — Quero que elas gostem de trabalhar comigo. E espero que não só estejam se divertindo, mas também aprendendo e crescendo.

— Elas estão — asseguro.

— Obrigada por fazer um trabalho tão fantástico, Patrick. Até agora, esses poucos dias têm sido incríveis.

— Fico feliz por você se sentir assim. E é também por isso que não vou puxá-la para o meu saco de dormir agora. Eu também gosto muito do que faço. Do mesmo modo pretendo fazer o certo pelo meu pessoal.

— Você está fazendo o certo por eles. — Mia põe a mão no meu saco de dormir, encontrando e pressionando o meu quadril. — E por mim.

Sufoco um gemido enquanto ela me recompensa, deslizando a mão do meu quadril até a minha perna e depois para o contorno da minha ereção.

— Não posso. — Seguro o pulso dela, detendo-a.

Mia engole em seco e assente.

— Eu sei. Desculpe.

— Não precisa se desculpar. Apenas volte quando acabar.

Mia se inclina e se aproxima de mim, com os cabelos emoldurando o seu rosto, fazendo cócegas na minha pele.

— Boa noite, Patrick. — Em seguida, ela sai e baixa o zíper da barraca.

Mia se foi, e há uma parte de mim que acha que ela não vai voltar. Há um lado sombrio do meu coração que teme que esse fragmento surreal de tempo seja tudo o que terei com ela. Que nunca vamos falar a mesma língua. E se Max tivesse razão em se preocupar que eu enfrentasse o mesmo destino que aquele outro cara?

O cara que ela não amava o suficiente.

Eu deveria ficar contente com a sua inesperada visita à meia-noite. Em vez disso, fiquei não só com uma ereção incômoda como também com esse desejo persistente por ela no coração.

Boa noite, Patrick.

Eu te amo, Mia.

É o que eu quero dizer.

É o que eu quero dizer para ela.

Ponho as mãos sob a cabeça e olho para o teto da barraca, desejando poder perguntar a ela se estamos falando a mesma língua, se ela voltará quando o nosso trabalho acabar. Em vez disso, estou à procura da resposta em um céu noturno que nem consigo ver.

E não há estrelas para me guiar.

* * *

De manhã, levanto-me antes de todos os outros, quando a primeira luz azul do amanhecer começa a pintar o horizonte. Inspeciono o acampamento, observando as barracas laranja, verdes e amarelas que pontilham o terreno.

Respiro fundo, viro-me e me afasto da clareira, na direção de uma trilha que conheço muito bem. Sempre encontrei respostas na natureza. As árvores nunca me desencaminharam, e o nascer do sol me ancorou constantemente. A terra sempre foi honesta. Retorno aos momentos da minha vida em que senti o mesmo peso no peito, uma dor forte e desconhecia.

Onde fazer faculdade?

O que estudar?

Seguir uma carreira segura e confortável em um escritório ou arriscar criar uma empresa fazendo o que gosto?

Agora preciso de outra resposta. Tenho de saber se é hora de ir com tudo mais uma vez. Apostar tudo.

O problema é que, desde que Max me falou sobre Eric, decidi provar que sou diferente de um cara de quem não sei nada.

Isso é o que está me deixando louco.

O meu foco está errado.

Percorro a trilha, com o céu luminoso me fazendo companhia, e penso em Mia e em todas as vezes em que estivemos juntos. Penso nas nossas noites, nos nossos dias, nos nossos momentos. Fiquei tão concentrado em saber se eles vão se tornar mais do que isso que não tenho certeza se os vi completamente pelo que são.

Meus dias perfeitos.

Lembro-me da ocasião em que levei Mia e Zeus para uma caminhada perto de Cold Spring, e ela citou o meu autor favorito: "Caminhei pelo bosque e saí mais alto do que as árvores".

Porém, essa não é a citação de Thoreau que me move. A que me move, que tem sido a minha bússola e a minha guia, é aquela que fala de seguir na direção dos seus sonhos e levar a vida que você imaginou.

Mia é a vida que eu imaginei. Ela é o sonho que quero tornar realidade.

Chega de coisas surreais. Não estou interessado em um estado intermediário. Não posso perder tempo com momentos e, com certeza, não posso perder tempo com o passado.

O outro cara? Aquele que ela nunca amou? Sei agora que ele já não importa. Ele não tem nada a ver conosco. O que se desenrola entre mim e Mia é entre nós, e tenho o poder de fazer tudo o que puder para garantir que ela seja minha.

Começando por lhe dizer quanto quero que ela seja o meu futuro. Todo ele, todo dela. Sempre.

Dou meia-volta e caminho na direção do acampamento.

26

TEREI DE ESPERAR ATÉ SAIRMOS DESTA MONTANHA PARA encontrar o momento certo para confessar os meus sentimentos. Além disso, estamos cercados por 25 pessoas na maior parte do tempo.

Dois dias depois, arrumamos as malas, prontos para dizer adeus aos passeios com mochilas e à excursão, que termina com um piquenique na pousada esta tarde.

Estou ansioso para dizer adeus a esta viagem. Foi boa, mas quero que acabe agora mesmo. Preciso de tempo a sós com Mia.

Na descida da montanha, o dia está quase perfeito, com um belo céu azul com poucas nuvens. O aplicativo de previsão de tempo no meu celular prevê chuvas de verão no final do dia, mas, sinceramente, nunca conheci uma chuva de verão da qual não gostei. Pode vir.

Paramos para tirar fotos, e uma vista especialmente panorâmica provoca exclamações de admiração de todo o grupo. Os picos de Sierra Nevada se erguem majestosamente ao longe. Sugiro uma foto do grupo junto a uma grande pedra. O meu celular ficou no modo de pouca energia o tempo todo, exceto nas verificações das condições meteorológicas da manhã. Portanto, o nível da bateria ainda está bom. Ligo a câmera e tiro uma foto. Lisa ergue um dedo me dizendo para esperar, e pega uma câmera digital na sua mochila. Durante a viagem, ela tirou fotos para o blog da empresa.

— Tire uma foto com a minha — ela pede. — Sou da velha-guarda. Gosto mais de câmeras digitais.

Tiro várias, e os sorrisos naqueles rostos deixam claro quanto todos gostaram dessa excursão. Eles estão mais prontos do que antes para a próxima jornada juntos; uma que os levará para o outro lado do país. Eu sei, isso soa um tanto cafona. Mas e daí? Um pouco de cafonice nunca fez mal a ninguém.

E de repente me ocorre que preciso apresentar Mia aos meus sanduíches de queijo grelhado quando ela estiver em Nova York.

Vencemos os caminhos em zigue-zague, atravessamos um riacho e passamos por cima de alguns galhos caídos. Ao chegarmos ao estacionamento, o grupo se dispersa na direção dos seus carros, jogando as bagagens dentro deles e conversando sobre banhos de chuveiro, piqueniques e a mudança para Nova York. Lisa fecha o porta-malas e para subitamente junto à porta do motorista.

— Droga! — Lisa dá tapinhas nos bolsos e abre os zíperes de todas as seções da mochila. — Acho que esqueci a minha câmera...

Mia balança a cabeça, tranquilizando-a.

— Não se preocupe. Eu vou lá buscá-la.

— Tenho certeza de que a deixei na pedra onde tiramos a última foto depois que Patrick a devolveu pra mim. Eu mesma posso ir buscá-la, não é preciso que você vá. — Lisa deu um passo naquela direção.

Mia enxota Lisa para o carro.

— Vá para a pousada. Tome um banho. Eu vou buscar a câmera. São apenas vinte minutos até lá pela trilha.

Trinta, para ser mais exato.

Confusa, Lisa franze a testa.

— Não é necessário, Mia.

— Eu vou com você, Mia — digo, intrometendo-me na conversa. — É sempre melhor fazer uma trilha em dois.

— Boa ideia. — Mia se vira para Lisa. — Apenas deixe um pouco de água quente para mim.

Lisa faz um sinal de positivo com o polegar.

— Combinado. E obrigada.

Mia grita para o grupo:

— Pessoal, quero que todos vocês vão para a pousada. Estaremos lá o mais rápido possível.

No caminho de ida, Mia não para de falar, relatando a viagem, os seus momentos favoritos e as coisas que a sua equipe disse sobre a excursão. Ela canta louvores à minha empresa, e eu não poderia ficar mais feliz, mas preferia estar falando sobre nós. No entanto, Mia parece precisar disso, e, então, faço o que sinto que ela mais quer: eu *escuto*.

Meia hora depois, avisto um objeto preto reluzente brilhando na terra ao lado da pedra. Mia o agarra e o aperta junto ao peito.

— Eureca!

No caminho de volta, ela dá alguns passos, vira-se e diz:

— Quer saber pelo que mal posso esperar?

Como essa é praticamente a única vez que ficamos sozinhos desde que ela apareceu na minha barraca, digo em um tom sugestivo:

— O que será?

Espero que ela diga algo sujo ou atrevido em resposta.

Em vez disso, ela espia a própria camiseta, puxa a gola e a cheira.

— Um banho de chuveiro.

Dou risada.

— Tenho certeza de que você está cheirando muito bem.

Ela se vira de novo e retoma a caminhada ladeira abaixo.

— Discordo. Não tomo banho há dois dias, e pretendo entrar debaixo da ducha no instante em que chegarmos à pousada. Eu o convidaria para se juntar a mim, mas então teria de dispensar os seus serviços.

— Sinta-se à vontade. Para tomar um banho com você, eu teria todo o prazer em ser demitido.

— Por falar em chuveiros, essa é uma coisa pela qual não vejo a hora de me mudar para Nova York.

— Os chuveiros?

— A pressão da água no meu prédio em San Francisco é ridícula. — Em seguida, ela pigarreia, e o seu tom muda, como se estivesse prestes a dizer algo sério. — Quando eu procurar um lugar para morar em Nova York, terei de testar a pressão da água de todos os imóveis.

Finalmente.

Finalmente estamos falando do que vai acontecer a seguir.

Bom, preciso de algumas informações. Tenho de saber quão longe Mia está. Onde está a sua mente. Talvez eu esteja pronto para ir com tudo, mas há uma diferença entre pôr o seu coração em risco e colocar o seu coração em risco apenas para dar uma guinada em uma ponte e mergulhar para uma morte na água.

Tudo bem, isso é muito dramático, mas ainda preciso testar o terreno para saber quanto compartilhar e quando. Mesmo que eu tenha afastado Eric do primeiro plano da minha mente, ainda não quero ter o seu destino.

— Você já começou a caçada?

— Sim — ela responde, frustrada. — É um pesadelo. Nada parece adequado para ser a minha casa.

— Onde você está procurando?

Antes que Mia possa responder, um trovão ecoa como se fosse o próprio Zeus lançando raios no céu. O deus, não o meu gato. Aceleramos o passo, caminhando mais rápido em uma curva da trilha. Aquelas nuvens brancas estão um pouco mais cinzentas agora.

Mia se vira para me encarar. Há uma nova vulnerabilidade no seu olhar, algo que nunca vi antes.

— Tenho procurado em diversos lugares. Chelsea. Upper West Side. Village. Hell's Kitchen. Washington Heights.

A voz dela está estranha, mas não consigo identificar o motivo. É quase como se ela estivesse dizendo os nomes desses bairros pela primeira vez, como se os estivesse testando como palavras. Ainda assim, não há Battery Park City na sua lista.

É hora de jogá-lo na mistura. Ver se ela morde a isca.

— Ouvi dizer que Battery Park City é legal. — E dou-lhe uma piscadela marota.

Mia dá um sorriso, mas ele me parece forçado.

— É um bairro ótimo.

E essa resposta não me diz absolutamente nada.

Mia enfia as mãos nos bolsos da bermuda, depois as tira e torna a enfiá-las.

— Então... — A voz dela some.

Eu tento mais uma vez lançar o anzol e ver se ela morde:

— Gosto muito de Battery Park City. E você?

— Sem dúvida — ela responde, em um tom uniforme, que não consigo interpretar. — Gosto bastante.

— Sim?

— Sim. É um bairro ótimo — Mia diz, e meu radar não está captando nada. Zero.

Recolho o anzol e, em seguida, torno a lançá-lo em uma nova direção.

— Onde você acha que gostaria de estar?

— Onde você acha que eu deveria morar?

As palavras escapam em uma golfada, e não tenho certeza de onde Mia está vindo. Ela conhece bem Nova York; portanto, não faço a mínima ideia por que ela está me perguntando onde morar.

Talvez eu possa arrancar a verdade sob o disfarce do humor. Inalo, exalo e desembucho:

— Bem, além da resposta óbvia de que você deveria morar comigo, eu diria que você é uma garota do Upper East Side.

Mia se encolhe e me olha. Sua expressão é bastante séria. Sua voz é um murmúrio:

— O que você disse?

Nunca vi o olhar dela tão intenso, tão inquisidor, e tudo o que consigo pensar é que passei dos limites. Lancei um balão de ensaio para o qual Mia não está pronta.

É hora de recolher o anzol antes que eu me afogue.

— Upper East Side — digo, descontraído e sereno.

Confusa, Mia franze a testa.

— Foi o que você falou?

Esforço-me para vender o disfarce.

— Sim. Com certeza. Essa é a resposta óbvia. Foi o que eu disse. Upper East Side. A resposta óbvia.

— Ah... — ela balbucia, balançando a cabeça como se estivesse tirando água dos ouvidos. — Achei...

Minha resposta é rápida e clara:

— Não. Foi o que eu disse.

— Está bem, então. — E Mia retoma o seu ritmo acelerado.

Por um minuto, mantemos silêncio e, quando tenho certeza de que consigo abrir a boca sem dizer algo idiota que a assuste, tento novamente:

— Enfim, você mencionou diversos bairros. Qual é o seu preferido?

Indiferente, Mia dá de ombros.

— Acho que não importa. Estou até pensando em Hoboken.

— Hoboken?! — exclamo, troçando. — Você não pode morar em Nova Jersey.

Outro trovão ecoa acima de nós. Os ombros de Mia ficam tensos.

— Estamos quase chegando — digo.

— Estou bem. Não tenho medo da chuva.

— Eu sei. Mas é melhor evitarmos o mau tempo.

— Então, fale-me a respeito de seu desdém por Hoboken. Você tem alergia ao lugar?

— É longe pra cacete — digo, sem me preocupar com a polidez.

— Sério? — Mia pergunta e, intrigada, levanta uma sobrancelha. — Isso significa que você não vai me ver em Hoboken?

Suspiro profundamente.

— Mia, atravessei o país pra te ver. Sem dúvida, irei vê-la em Hoboken.
— Mas é longe pra cacete — ela me imita, aborrecida.
— Não é longe pra cacete. Não tem problema. Você pode morar onde quiser.
— Mas, de preferência, em um bairro mais conveniente para você?

Contornamos um caminho em zigue-zague. Coço a nuca, tentando descobrir por que ela ficou tão sensível de repente.

A última coisa que quero é brigar com ela por causa de onde ela deve morar.

— Não é isso que estou dizendo, Mia.

Ela semicerra os olhos e, na sua postura de não recuar, posso dizer, num instante, por que Mia dirige a sua própria empresa. Mia é doce, meiga e esclarecida, mas também tem um leão dentro dela. Às vezes, todos nós precisamos invocar o nosso leão interior. Neste momento, parece que é exatamente isso que ela está fazendo.

— Então, o que você está dizendo, Patrick? Porque não está claro pra mim. No mínimo, não é *óbvio*.

Respiro calmamente, caminhando para a frente enquanto discutimos. Quero ficar frio. Eu me orgulho de ser imperturbável, mas também quero dizer o que penso. Assim, tento mais uma vez:

— Estou dizendo que eu gostaria que você ficasse mais perto de mim.
— Ah, é isso. Então, onde devo morar? Mais perto de você? Essa é a "resposta óbvia"? — ela diz, desenhando as aspas no ar enquanto gira...

E tropeça em uma pedra. Mia oscila para a frente e eu agarro o seu braço, firmando-a. Perturbada, ela bufa.

— Merda... — murmura.
— Vamos nos concentrar em chegar ao final da trilha antes de a chuva começar — digo, com frieza.

Seguimos em silêncio ao longo do caminho. Quando as árvores rareiam e nos vemos perto do fim da trilha, um trovão retumba novamente, e desta vez é seguido por um raio.

Vinte segundos depois, a chuva desaba com força. Estamos a cerca de 30 metros do estacionamento, e Mia sai correndo. Faço o mesmo. Quando chegamos ao utilitário esportivo alugado, abro a porta do passageiro. Mia parece um esquilo afogado. O seu cabelo está emaranhado junto ao rosto, e listras de sujeira escorrem pelos seus braços.

— Me dê a sua mochila — peço.

Ela a entrega para mim e eu fecho a sua porta; jogo a mochila na traseira enquanto a água me encharca, e entro no veículo.

Também estou ensopado. Até os ossos. Olho para ela.

— Desculpe, Mia. — Pego a sua mão e a aperto. — Não quero brigar com você. Nunca.

Ela dá um suspiro de alívio.

— Também peço desculpa. Acho que estou com os nervos à flor da pele por causa da mudança. O que é louco, porque quero fazer isso. Tudo parece que está acontecendo ao mesmo tempo. A empresa, a mudança, a necessidade de um novo lugar para morar... E você. Todas essas mudanças estão acontecendo para mim de uma só vez.

Por incrível que pareça, eu realmente não tinha pensado no fato de que Mia está em um processo de mudança total: da sede da sua empresa, de cidade. Ela também está mudando de solteira para envolvida com alguém em um piscar de olhos. Devo lhe dar o espaço de que ela precisa, em vez de enchê-la com todos esses sentimentos do meu coração.

— Você está com muita coisa na cabeça.

— Sim, estou. E tentando equilibrar tudo.

— O que posso fazer para facilitar as coisas pra você?

A chuva fustiga o para-brisa, e eu saio do estacionamento da trilha.

Mia sorri timidamente para mim.

— Que tal me levar para o chuveiro mais próximo?

— Isso eu posso fazer.

Mas a chuva tem outros planos. Ela é diluviana. A água despenca do céu. Gotas pesadas caem na terra como se estivessem zangadas com o próprio solo.

Concentro-me em dirigir, lentamente, seguindo pela estrada sinuosa que nos afasta da trilha e olhando sempre para a frente, enquanto o aguaceiro golpeia a carroceria, pontuado com o barulho dos limpadores.

— A coisa não está nada boa — Mia comenta.

É o eufemismo do ano.

— Sim, um pouco mais do que uma chuva de verão.

Olhando adiante, vejo a água correr pela estrada em torrentes.

O meu celular vibra. Olho de relance para a tela e encontro um triângulo piscante.

Alerta: Inundação repentina. Estradas fechadas na área.

— É impossível voltarmos para a pousada agora, Mia. Só há uma estrada para cairmos fora desta trilha, e estamos nela.

— Quanto tempo dura uma inundação repentina?

— Não muito, mas geralmente fecha as estradas por muitas horas.

Mia dá um gemido e enfia as mãos no cabelo molhado. Ela deixa escapar o ar, tentando se acalmar, ao que parece.

— Tudo bem. Não é a pior coisa do mundo. Vamos estacionar e esperar no carro, não é?

Quase digo que sim.

Mas não. Porque ela quer tomar banho.

Ela não deseja esperar em um carro estacionado na beira da estrada.

E eu não vou ser o imbecil que fica de braços cruzados. Sou o cara que resolve tudo. Que escapa de congestionamentos. Que conserta um pneu furado.

Esse é um grande pneu furado no nosso dia.

Mas vou consertá-lo.

Tamborilo no volante.

— Sabe, eu conheço um cara que tem uma cabana...

27

DEPOIS QUE LIGO PARA O CARLOS, UMA ESTRADA SINUOSA E estreita nos leva para o alto e para longe das ruas alagadas. Mia liga para Lisa para avisar que estamos presos. Da metade da conversa de Mia, deduzo que Lisa e o resto da equipe já estão na pousada. Ela vai pagar a conta deles e enviá-los de volta para San Francisco.

Em instantes, encostamos na entrada da cabana de Carlos, do nosso lado das estradas fechadas.

Uma chuva torrencial nos atinge quando saímos do carro e corremos para a varanda da frente. Ali, encontro a chave extra que Carlos disse estar escondida debaixo de uma estátua de bronze de um pégaso em miniatura, ao lado de um vaso com uma samambaia. Destranco a porta e a abro com um rangido barulhento.

No interior da cabana, Mia respira fundo.

— Uma cabana seca — ela diz com um sorriso largo.

— A única vez que fico bem com o fato de você não estar molhada — brinco. Em seguida, aponto para o utilitário. — Vou pegar as suas coisas. Entre no seu banho.

— Você é o meu herói!

Torno a enfrentar a chuva com essas palavras me fazendo ficar um pouco mais alto e andar um pouco mais orgulhoso.

Às vezes, o herói tem que entregar um banho de chuveiro para a sua mulher.

Ainda que ela não queira viver no mesmo lugar que ele.

Tempo. Haverá tempo para isso. Tempo para trafegarmos nessa nova estrada de relacionamento. Quando abro a traseira do veículo, lembro-me de que tudo é novo para a gente. Os dois sempre vivemos em costas opostas, e descobrir como ficar juntos exigirá alguns ajustes. Se ela precisar ficar do outro lado do rio, em Hoboken, para fazer esses ajustes, que assim seja.

Pego a sacola de Mia, já que ela vai precisar de outra muda de roupas, e a minha sacola. Em seguida, volto pela chuva para a simpática residência de Carlos. Está mais para uma cabana de montanha de veraneio, com móveis leves e confortáveis, uma cozinha totalmente abastecida e uma geladeira de aço inoxidável, uma sala de estar espaçosa com pé-direito alto e uma lareira que por si só faria as viagens de inverno valerem a pena.

A cabana também tem um chuveiro.

Um chuveiro com água quente e que está funcionando a pleno vapor.

Neste momento, estrelando uma mulher nua.

Descalço as botas de caminhada e sigo o som da água corrente, tirando a camiseta e a bermuda molhadas e pegajosas. A porta está entreaberta, e o vapor, suspenso no ar.

Bato na porta, mas é uma batida simplesmente *pro forma*. Vou entrar sem convite.

Em um rápido movimento, arranco a cueca boxer e entro no chuveiro com Mia.

28

ÁGUA QUENTE E SABÃO ESCORREM PELOS SEIOS DE MIA, PELA barriga e pelo piercing prateado no seu umbigo. O seu cabelo está coberto de xampu. Um filete de água barrenta escorre pelo ralo.

— Eu te falei que estava suja. — Ela me dirige um sorriso irônico.

Seguro o seu rosto, inclinando-me para alcançá-la enquanto ela se põe na ponta dos pés.

— É, eu já sabia disso.

Encosto os lábios nos dela, e nós dois gememos. As mãos dela se lançam ao meu peitoral, deslizam sobre os meus ombros e enlaçam o meu pescoço. Quanto às minhas, não consigo mantê-las longe dos seus seios. Empalmo aquelas belezas deslumbrantes enquanto a beijo com intensidade e destemidamente. Eu a beijo assim para que ela saiba quanto a quero, quanto preciso dela e quanto espero que ela seja a única mulher nos meus braços.

Mia se dissolve junto a mim, deslizando para mais perto e esfregando o seu corpo quente no meu. A água escorre entre nós e desliza pelo meu nariz e pelo meu peito.

O beijo é rude e faminto. Os nossos dentes estalam e nossos lábios se ralam. Ela me beija tão furiosamente quanto eu. Sei — não, eu *acredito* — que a maneira como nos beijamos diz todas as coisas que não estamos verbalizando.

Preciso de você. Quero você. Você é minha.

Se Mia estiver pronta para dar o próximo passo agora, ou em seis meses, ou em um ano, vou ficar bem com isso. E, como estou apaixonado por ela, lhe darei o tempo de que ela precisa. Serei paciente com Mia enquanto ela pensa em nós.

Finalmente, eu me afasto, com a respiração ofegante.

— Senti falta disso. Senti muita falta disso.

Mia ergue o queixo.

— Senti a sua falta.

Arqueio uma sobrancelha e sussurro:

— Mesmo?

— Sim, e muita — ela murmura, deslizando a mão entre as minhas pernas e agarrando o meu pau. A sua expressão assume um ar malicioso. — Às vezes, acho que você não percebe quanto gosto de você, Patrick.

Não consigo deixar de sorrir. Com a água jorrando sobre nós, também não consigo deixar de gemer sentindo a mão dela nele.

— Por que você não me mostra?

Ela segura o meu pau com mais força e começa a me masturbar.

— Parece que já faz séculos que nos tocamos, mas só se passaram treze dias. E, se estivéssemos fazendo a coisa a longa distância, é assim que seria.

O desejo toma conta de mim.

— Como se fôssemos explodir?

Mia faz um gesto negativo com a cabeça.

— Não. Como se não nos cansássemos um do outro.

— Você sabe que é assim que me sinto. Sabe disso, não sabe?

— Sei.

Estremeço com o movimento de vaivém da mão dela, e o meu cérebro ameaça sofrer um curto-circuito.

— Às vezes, acho que você não imagina quanto me afeta.

Mia roça os lábios nos meus em um beijo sensual e lascivo, e passa a me masturbar com mais força. Ao afastar a boca da minha, ela diz:

— Então me mostre quanto eu afeto você.

Ela solta o meu pau e me empurra para que as minhas costas fiquem apoiadas contra a parede de azulejos. Em seguida, Mia se ajoelha, volta a agarrar o meu pau e o leva à boca. Ela lambe a cabeça, e os seus olhos faíscam de desejo selvagem.

Eu desfaleço, porque, misericórdia, isso é o paraíso, isso é outro mundo. Isso é Mia, de joelhos, me chupando.

Faíscas disparam através do meu corpo e se propagam pela minha pele molhada. Enquanto Mia me chupa, ela mantém os olhos em mim como se estivesse me dizendo *me observe*.

Agarro a sua cabeça, circundando as mãos ao redor dela. Ela murmura no meu pau, e a vibração se espalha por todo o meu corpo. As minhas pernas tremem, e tenho a impressão de que isso não vai entrar no livro dos recordes como o boquete de maior duração. O prazer se apossa de mim quando ela passa a língua na cabeça do pau. As sensações, tão intensas, são como um ataque de euforia. Ondas de choque de desejo disparam através de mim a cada toque dela.

— Mia... — gemo, semicerrando os olhos.

Ela se detém, e o meu pau escapa da sua boca quando ela ordena:

— Olha pra mim.

Ergo as pálpebras e a trago para mais perto.

— Não para!

Ela volta a me masturbar e a lamber a extremidade do meu pau.

— Você quer me matar, não é?

Mia balança a cabeça, sorrindo maliciosamente.

— O que eu quero é te deixar louco. — E ela brinca comigo, tocando uma punheta com vigor.

— Me faz gozar — peço, com a voz rouca. — Por favor.

— Você tem certeza?

— Mia... — digo, como se num aviso.

— Me diga o que quer, Patrick.

— Você. — A frustração e o desejo se infiltram na minha voz em igual medida. — Você, o tempo todo. Você, dia e noite. Você comigo sempre. Você. Fodendo você. E neste momento quero um boquete.

Com um sorriso de satisfação descontrolado, Mia me dá o alívio que procuro, envolvendo o meu pau com seus lábios maravilhosos. Ela o engole de um jeito que sinto o fundo da sua garganta.

— Meu Deus, Mia... Você sabe por que isso é tão bom? — pergunto, enquanto o êxtase absoluto ameaça destruir o meu cérebro.

Mia faz que não com a cabeça. Seguro-a com mais força, enfiando os dedos no seu cabelo, com a água do chuveiro nos golpeando.

— Porque é você fazendo isso em mim — digo, e os olhos dela brilham. — É você quem eu estou olhando. É toda você.

Mais uma sucção. Mais uma investida na sua garganta. Mais um momento de reter o seu olhar. É tudo o que consigo suportar. Nem sequer tento lutar contra. Então, alcanço a sua garganta com um rugido e gozo loucamente.

O meu clímax faz o mundo, a cabana e o dia inteiro desaparecerem. Só tenho consciência da intensidade dos abalos secundários que se espalham por todas as moléculas do meu corpo. Enquanto isso, Mia retesa os músculos e fica de pé, firmando-se contra mim.

Abro os olhos e a seguro com força, mantendo-a comigo. Quando relaxo da euforia, Mia pega o sabonete, esfrega-o nas mãos e lava os meus braços, o meu peito, o meu abdome.

Meu Deus, como eu a amo...

Mia passa a mão ensaboada pelo meu pau e faz cócegas.

Dou risada.

Eu a amo pra cacete.

Tiro o sabonete dela e a faço se virar. Enxáguo os restos do xampu do seu cabelo e depois espalho condicionador nele. Ensaboo os seus braços, pernas, barriga e seios. Quando termino de enxaguar o condicionador, Mia tem a pele mais brilhante e os seios mais limpos do mundo.

Seguro o seu rosto e respiro fundo. Mia me encara com os olhos arregalados e vulneráveis.

— É assim que eu te afeto? — ela quer saber.

Engulo em seco e faço um gesto negativo com a cabeça.

Intrigada, Mia franze a testa.

— Não é?

Passo o dedo pela ruga na sua testa.

— Às vezes, talvez na maioria das vezes, acho que ainda não percebeu que estou completamente apaixonado por você.

Mia se derrete nos meus braços, com o seu corpo nu pressionado contra o meu. Os seus lábios se entreabrem, mas ela não diz nada, e não tenho certeza do motivo. No entanto, ela desliga o chuveiro, e uma lágrima solitária escapa do seu olho.

29

— **VOCÊ ESTÁ TRISTE?**

Mia faz que não com a cabeça e abre um sorriso radiante.

— Não. Estou feliz. Estou muito feliz porque estou apaixonada por você.

E isso — esse sentimento, como se eu pudesse fazer qualquer coisa, como se o mundo estivesse cheio de cores brilhantes e arrojadas, como se eu estivesse vivendo dentro de uma música de sucesso que não consigo parar de cantar — é felicidade. É alegria. É amor. E o meu coração parece que não cabe mais dentro do peito.

— Sou louco de amor por você — digo e, então, porque está escancarado, não consigo parar: — Estou loucamente apaixonado por você, Mia.

Ela me abraça com mais força.

— Sou louca de amor por você, mas achava que você não sentia o mesmo.

Fico de queixo caído.

— O quê?!

Mia faz que sim com a cabeça.

— Achei que era unilateral.

— Achou que eu não gostava de você?!

— Bem, eu sabia que você gostava de mim, mas não achava que estivesse tão envolvido quanto eu.

Agarro o traseiro dela.

— Mia Summers, se há uma coisa de que você pode ter certeza é que te amo do fundo do coração.

Pego uma toalha e a seco.

Mia me lança um olhar envergonhado.

— Não está dizendo isso só porque gostou do boquete?

Apanho outra toalha e me enxugo.

— Deixe-me provar pra você que nunca foi só sexo. Nunca será só sexo. Sempre fiz amor com você, e vou fazer isso agora mesmo. Assim, você saberá como me afeta. E vai entender quando digo que é você que eu quero, todos os dias. Bem... e todas as noites.

Penduro a toalha, pego Mia no colo e saímos do banheiro cheio de vapor. Olho para o corredor e me dirijo para um dos quartos. Abro a porta com o pé, e uma cama *king-size* com uma coberta branca nos espera. Eu a carrego e a pouso sobre o leito. Observo Mia deslizar pela cama até os travesseiros.

Eu me junto a Mia, agarro a sua cintura e me deito de costas.

— Venha se sentar na minha cara — peço.

— Sério? — Ela estremece.

— Você diz isso como se achasse que não quero te comer agora.

— Achei que você ia fazer amor comigo.

— E vou, mas primeiro com a boca. Depois, com todo o meu corpo.

Agarro os seus quadris, mas não preciso convencê-la mais. Mia se arrasta em cima de mim e se abaixa no meu rosto. Então, beijo a sua xoxota úmida. Fecho os olhos, gemendo instantaneamente. No instante em que saboreio o calor sedoso, começo a rugir por dentro.

E Mia está gemendo.

E rebolando.

E se esfregando.

Sim, a minha Mia entrou na onda. Não demora muito para ela encontrar o seu ritmo. Agarrando a cabeceira da cama, ela rebola os quadris. Seguro-a com força, movendo-a através da boca, girando a língua no seu clitóris inchado, esfregando nela a minha barba rala.

Mia ofega, geme e grita.

Ela se torna uma selvagem. É uma mulher possuída, montada no meu rosto, que fode a minha boca, que se esfrega e rebola. Então, ela estremece, e tudo fica em silêncio por um momento gloriosamente suspenso.

Mia não se mexe. Pouco depois, os seus ombros se agitam, a sua barriga enrijece, as suas coxas prendem a minha cabeça.

E ela não é nada além de *meu Deus, meu Deus, meu Deus*.

Tremendo, Mia goza na minha boca. Mantenho o meu domínio sobre ela até os seus gemidos diminuírem. Então, com delicadeza, tiro-a de cima de mim e a acomodo na cama, colocando-a de bruços. Mia está quente e maleável, em êxtase e embriagada de sexo.

Puxo os seus quadris, para que ela fique de quatro, apoiada nos cotovelos.

— Você vai fazer amor comigo assim?

Confirmo com a cabeça.

— Vou te mostrar como posso fazer a sua posição preferida parecer ainda melhor.

Com os quadris dela erguidos, alinho o meu pau na sua entrada. Em seguida, deslizo para dentro dela e solto um gemido. Estremeço. É muito intenso. As suas costas se curvam. Mia geme e olha para mim.

Meto fundo nela, com o seu calor me agarrando e o seu olhar intenso em mim.

Quando o meu pau está todo ali dentro, passo um braço em torno da cintura dela e a puxo para cima, para que ela se ajoelhe junto ao meu corpo. As suas costas se apoiam contra o meu peito, e o seu corpo fica colado no meu.

Levo uma mão ao rosto de Mia e o viro, para que a sua boca encontre a minha. E nos beijamos, gememos e fodemos. Mia levanta os braços e os passa em torno da parte posterior da minha cabeça. A minha mão desliza entre as suas pernas e ela solta um gemido alto.

Mostro-lhe como a sua posição preferida pode ser ainda mais íntima, como pode nos aproximar ainda mais. Não paro de beijá-la, nem quando ela grita, nem quando a sua respiração fica entrecortada, nem quando ela treme.

Quando Mia começa a se afastar de mim, seguro-a com ainda mais força, soltando finalmente a sua boca, para que ela possa gritar de prazer quando gozar. E é tudo de que eu preciso para me juntar a ela no clímax.

30

PREGUIÇOSAMENTE, MIA TRAÇA LINHAS NO MEU PEITO.
Estou sorrindo.
Acho que não consigo parar.
Essa mulher faz isso comigo.
Beijo a sua testa e a puxo para mais perto de mim.
— Quero isso todos os dias. Refiro-me àquilo que eu disse no chuveiro. Quero você todos os dias.
— Eu também.
Acaricio o seu cabelo ainda úmido.
— Estou tão feliz por você estar de mudança para Nova York, Mia. Quero que saiba que é o meu maior sonho que se torna realidade. Você e eu juntos no mesmo código postal.

Não me importo de falar demais. Esta cabana destrancou o meu coração, e a minha boca junto com ele. Preciso que Mia saiba que ela é tudo para mim. Ter paciência é uma virtude, mas às vezes você tem de falar a verdade.

Mia se vira e me olha nos olhos.
— Lembra quando você, na sua casa, perguntou se você era parte da minha decisão?
Faço que sim.
— Pois você é.
E o meu coração bate mais forte agora. Não aguento mais. Meu plano de esperar algum tempo virou fumaça. *Até um dia, paciência.* Passo o dorso dos dedos no rosto dela.
— Não quero que você se mude para Hokoben. Ou para Chelsea ou para o Upper East Side.
Curiosa, Mia ergue uma sobrancelha.
— Ah, você não quer? Por quê?
O nervosismo toma conta de mim, mas logo desaparece.

— Acho que a resposta óbvia é... — E me calo, deixando essas palavras de hoje mais cedo se prolongarem. Logo, dou a elas um significado totalmente novo: — ...que quero que você venha morar comigo.

Mia suspira e arregala os olhos.

— Você quer?! — ela pergunta, em um sussurro abafado.

— Sim. Eu quero ir para cama com você e acordar com você. Quero fazer sanduíches de queijo quente para o almoço em uma tarde preguiçosa de sábado e depois me aconchegar com você no sofá e não assistir a esportes na tevê, pois estaremos muito ocupados ficando nus. Quero me despedir de você quando você sair para o trabalho de manhã e enviar mensagens durante o dia perguntando se você quer que eu lhe traga algo. Quero dividir um closet com você e vê-la passar a loção de coco nas pernas de manhã após sair do banho, e em seguida recolher a toalha que usou e mandá-la para a lavanderia junto com a minha.

Os olhos de Mia brilham com as lágrimas, e os seus lábios tremem de felicidade.

— Realmente, não sei como você faz para conseguir que toalhas molhadas soem românticas, mas, de algum modo, você consegue.

Passo o polegar sobre o seu lábio superior.

— Conheço os seus medos, Mia. E as suas esperanças e os seus sonhos. Conheço o seu coração. Eu te amo. Você vai morar comigo? Vai fazer da minha casa a sua casa e me deixar amá-la todos os dias?

Toda a esperança do mundo está em jogo, suspensa nesse breve momento antes de ela responder. Mas não me preocupo, nem tenho medo de assustá-la. Porque, quando você sabe que está loucamente apaixonado por alguém, não quer mais guardar isso para si. Preciso que Mia saiba que ela significa tudo para mim.

Mia assente, e uma lágrima rola pelo seu rosto. Ela se aproxima mais de mim, oferecendo-me o beijo mais gostoso que uma mulher já deu em um homem.

— Eu quis que você me convidasse desde o dia em que te contei.

— O quê?! — Pisco.

— Quando te contei que estava me mudando para Nova York e você perguntou se era por nossa causa.

Como assim?!

— Você disse: "Não é como se eu esperasse que você me pedisse para me mudar e casar com você".

Mia sorri.

— Eu sei o que eu disse. Sei também o que eu quis dizer.

Dou uma risada.

— Se você queria morar comigo, deveria ter dito algo. Não sou capaz de ler pensamentos.

Mia passeia pela minha barriga com os seus dedos.

— Acho que eu queria que você chegasse a essa conclusão sozinho. E isso é bem óbvio.

— Sinta-se à vontade para me bater na cabeça com essa coisa de óbvio, Mia. Quer saber por quê?

— Por quê? — Ela esboça um sorriso malicioso.

Bato no meu peito.

— Porque eu sou *normal*. Lembra? E isso significa que às vezes... ok, talvez na maior parte do tempo... vou precisar de ajuda para decodificar a linguagem secreta das mulheres.

— É justo. — Mia cutuca o meu ombro. — Mas não havia como te dizer naquele dia que eu queria tudo de você. Nossa, essa é a receita para assustar um cara!

Trago-a para mais perto de mim e beijo a sua testa.

— Tive medo de assustá-la se dissesse que queria você comigo.

— Então, você também queria a mesma coisa?

Alegremente, dou de ombros.

— Acho que sim. Sim, a ideia estava começando a se formar, mas essa viagem com você a consolidou.

— Então, o meu retiro corporativo também foi bom pra você... — Mia parece bastante satisfeita consigo mesma.

— Sim, Mia. O guia também aprendeu alguma coisa.

Ela sobe em mim, deitando o seu corpo nu no meu, apoiando o queixo nas mãos e olhando para mim.

— Quer dizer que toda a natureza selvagem fez você se dar conta de que me queria?

— Isso mesmo.

— Você é um grande amante da natureza — Mia afirma, dando risada.

— Acontece que você também é.

— Talvez eu seja.

— Você é — digo com firmeza.

— Tudo bem. Tem razão. Estou nessa coisa toda da natureza com você. E ainda quero fazer isso em uma barraca.

— Não se preocupe com isso, Mia, pode acontecer a qualquer hora. Hoje à noite, se você quiser.

A safadeza brilha nos olhos dela. Então, ela suspira alegremente e avança para me beijar.

— Na noite passada, na sua barraca, eu quis te dizer como me sentia.

— Eu queria ouvir.

— Mas também não pretendia dizer nada mais cedo, porque tudo isso é novo pra mim.

Intrigado, franzo a testa.

— O que você quer dizer?

— Na realidade, nunca me apaixonei antes. Não desse jeito, sentindo o que sinto em todos os lugares.

Sou como Zeus cheirando *catnip*. Mia me deixa muito louco. Ela me faz me sentir muito bem.

— Você nunca se sentiu assim?

Mia faz um gesto negativo com a cabeça.

— Você já?

— Não. Sinto que você faz parte de mim.

Mia traz os lábios para junto dos meus.

— E eu faço. — E me beija.

É um beijo tão delicado, tão suave, que juro que estou flutuando.

Ao nos separarmos, Mia fala primeiro:

— É diferente entre nós. Você sabe disso, não é? — ela pergunta, com um olhar intenso e significativo.

— Por que é diferente entre nós?

— Imagino que a sua preocupação era de que fosse igual, mas não é a mesma coisa. O que sinto por você nunca foi igual a nada que eu já tenha vivenciado. A razão pela qual me contive por tanto tempo foi a dúvida: você sentia ou não o mesmo por mim?

— Como se fosse possível não sentir... — digo, troçando.

Mia tamborila no meu peito.

— E então, se eu fosse apenas algo de curto prazo pra você, Max e você teriam um desentendimento. Eu não queria que isso voltasse a acontecer com ele.

E com bastante clareza consigo perceber que o aviso dela para mim nunca foi um aviso sobre o seu coração. Foi porque ela ama loucamente o tonto do irmão.

Deslizo a mão pelo seu braço.

— Max e eu não vamos nos desentender, porque não desistirei de você. — E assim finalmente revelo para ela o que eu quis dizer muitas noites atrás.

De certa forma, é engraçado que muito de se apaixonar loucamente se resume a quando você encontra coragem de falar toda a verdade. Mas homens e mulheres nem sempre estão prontos para desnudar a sua alma. Em vez disso, contornamos as coisas difíceis, evitamos as conversas complicadas. Essa é a natureza humana. Nem sempre conseguimos resolver os problemas quando eles acontecem, mesmo se queremos. Às vezes, ainda não temos as ferramentas ou a coragem. Temos que caminhar pela mata, subir as colinas, escalar as rochas, antes de sairmos do outro lado.

É onde estou agora. É onde estamos. Finalmente dizendo o que nós dois queríamos dizer há muito tempo. A melhor parte é descobrir que Mia queria as mesmas coisas desde o princípio.

Quando Mia recua, ela assume uma expressão pensativa.

— Devo dizer para Max que estou me mudando para o prédio dele. E que ele não se preocupe, pois não vai te perder como amigo, já que tenho você na palma da minha mão.

— Diga mesmo para Max que você vai morar comigo. Na noite em que você foi embora de Nova York, contei para ele que estávamos nos vendo.

— Ele surtou? — Mia pergunta, rindo.

Faço um gesto negativo com a cabeça.

— Não totalmente. Mas acho que ele ficará mais feliz agora, principalmente porque assim poderá vê-la mais.

— Isso também me deixa feliz.

— O que me preocupa é ter de informar Zeus de que ele não terá o papai só para si por muito mais tempo — provoco.

— Ah, querido, acho que o gato já sabe.

— Será?

— Aposto que o gato sabe tudo.

— Sim, você deve ter razão.

O estômago de Mia ronca, e esfrego a mão na sua barriga.

— Ei, macaca faminta, falei de sanduíches de queijo quente mais cedo, e aposto que você os adora.

— Adoro! — Mia arregala os seus lindos olhos castanho-claros.

Dou uma palmada no seu traseiro gostoso.

— Tive esse pressentimento. Carlos me disse que enviou mantimentos no início desta semana porque planejara vir, mas não conseguiu. Aposto que consigo encontrar todos os ingredientes para fazer um sanduíche para você.

Quinze minutos depois, sirvo-lhe um sanduíche de queijo gouda deliciosamente puxa-puxa no pão sovado. Mia me diz que é a melhor coisa que já comeu. Acho que ela pode estar exagerando, mas não me importo. Curto o seu elogio, e preparo um sanduíche para mim.

Enquanto frito o queijo, Mia pigarreia e adota um tom excessivamente profissional:

— A propósito, ainda que a viagem tenha terminado e tudo o mais, acho que eu deveria demiti-lo oficialmente.

Olho para ela por cima do ombro, terminando de preparar o sanduíche.

— E eu nunca ficaria tão feliz por ser demitido. — Quando o finalizo, fico defronte a ela no balcão e dou uma mordida no meu lanche. — Caramba, sei fazer um sanduíche de queijo quente do cacete.

— Mestre dos sanduíches. Vou acrescentar isso à sua lista de atributos. — Mia larga o seu no balcão. — Ei, como devo te chamar agora? De meu colega de quarto? Meu namorado? Meu amante? Meu guia de trilhas? Meu deus na cama?

Aponto no ar, como se estivesse selecionando essa opção.

— A última alternativa. Com certeza.

— Sério?

— Você quer saber como nos rotular?

— Trabalho no negócio de beleza. Rotulamos tudo. Então, qual é o seu rótulo?

Inclino-me sobre o balcão, tiro uma migalha de pão dos lábios dela e lhe dou um beijinho.

— Seu!

31

OS VINTE E UM DIAS SEGUINTES — QUE PASSAM RÁPIDO, cheios de detalhes e arranjos — são agitados e fatigantes. Por seu lado, as noites são lentas, marcadas pelo desejo.

Conto as horas para poder ficar com Mia.

Conversamos pelo celular, enviamos mensagens de texto e nos comunicamos pelo Skype. As sessões de Skype são fantásticas, mas completamente frustrantes, visto que quero ser o único a lhe proporcionar orgasmos, e não o seu vibrador. Mas já é alguma coisa.

Aprendo ainda mais sobre Mia nessas três semanas antes de ela se mudar. Certa noite, ao celular, ela me avisa que tem uma queda por cobertores, e gosta de se aconchegar sob muitos cobertores macios e felpudos na hora de dormir. Digo-lhe que sou totalmente a favor de um lençol por cima e janelas abertas. Mia sente calafrios e diz *brrr*.

— Vou mudar os meus hábitos por você, Mia.

— Ou a gente faz um acordo.

— Isso também funciona.

— Mas comprei uma linda manta de lã para o sofá porque não consegui resistir. Deve chegar em dois dias. Espero que você não se importe.

— Mia... — Sorrio. — Você pode decorar a sua casa do jeito que quiser...

— Ótimo! Amanhã chega o meu pôster de Chris Hemsworth como Thor. Lembra do filme, não lembra?

— ...menos com esse tipo de coisa.

Fico sabendo que Mia gosta de dormir nos fins de semana, mas que ela também quer ir correr e passear de bicicleta comigo. Sou madrugador; então digo-lhe que vou sozinho aos sábados, e mais tarde com ela aos domingos.

— Ou podemos simplesmente transar a manhã toda nos fins de semana — ela oferece.

— Para mim, está ótimo. Na verdade, você pode esperar uma resposta afirmativa minha sempre que quiser transar.

Ela ri.

— É bom saber. Ah, acho que também me sinto da mesma maneira...

— Acha? Você *acha*?

— Bem, Patrick, você é meio que bem-dotado. Às vezes, uma garota precisa de um descanso para conseguir andar em linha reta.

E esse é o meu elogio favorito de todos os tempos, mais ainda que o sanduíche de queijo quente.

Obviamente.

Também fazemos planos, como lugares a que queremos ir em Manhattan. Digo-lhe que vou levá-la ao Jardim Botânico do Brooklyn, à Governors Island e a qualquer salão de beleza que ela quiser.

— Pare de ser tão perfeito. Você está me deixando mal — ela brinca.

Dou risada.

— Não sou perfeito. Sou apenas normal.

— Como agradecimento por você ser tão normal, vou levá-lo a um encontro na REI.

— Não me provoque.

— E voltaremos à trilha em Cold Spring.

— É assim que se fala.

— E sairei pra passear com o seu gato e você quando você quiser.

— Mia, ele é *nosso* gato agora.

O outro plano que fazemos é para eu ajudá-la na mudança. Mia contratou uma empresa para transportar algumas caixas e alguns móveis. Ofereço-me para ir até San Francisco para auxiliá-la a lidar com isso, e depois pegamos o avião juntos para Nova York.

— Você faria isso por mim?

— Mia, você está mudando a sua empresa e a sua residência para o outro lado do país. Vou tirar alguns dias de folga para ajudá-la na mudança. É o que qualquer bom *deus na cama* faria.

Logo, mas não tão logo, atravessei vinte dias no calendário. No 21º, acordo cedo, ponho uma coleira no meu gato e o levo a uma das minhas trilhas favoritas nas proximidades de Manhattan. É quando me dou conta de como Mia tinha razão a respeito de gatos.

32

Conversas com Zeus, o gato

AO LONGO DA TRILHA, O GATO CHEIROU FOLHAS, CORREU atrás de pássaros e ficou de sentinela na canoa enquanto ele e o homem desfrutavam de uma hora na água. O sol brilhava forte no céu azul, aquecendo o seu pelo exuberante com tanto calor que ele ronronou o seu apreço pelos grandes espaços ao ar livre.

Ele era um gato simples. Dê-lhe um peixe, um pouco de sol e a sua pessoa favorita, e pronto.

Às vezes, porém, ele também gostava de besouros.

Criaturas apetitosas. Crocantes e saborosas ao mesmo tempo. Uma combinação maravilhosa.

O caçador nele mantinha os olhos abertos para o seu sabor favorito. Algo que o homem chama de mariposa. De volta à trilha, um inseto alado teve a má sorte de se aproximar muito dele. Em uma investida rápida, Zeus saltou para a frente, capturou o inseto e o triturou no lanche.

Zeus pensou em brincar com o inseto: dar uma patada nele, torturá-lo, levá-lo para casa para compartilhar com a gata malhada que ele estava começando a conhecer.

Bastante bem, na verdade.

Mas hoje Zeus optou pela gratificação instantânea e devorou a mariposa.

O homem riu.

— Às vezes é só isso que você precisa fazer, não é, amigo?

A mariposa desceu com facilidade. Muito gratificante.

O homem parou na trilha, puxando a guia de Zeus. O gato levantou os olhos e olhou para ele, querendo saber o que o levara a fazer uma pausa.

— Miau?

— Você não acha, Zeus? Esse é um daqueles momentos, não é?

Zeus respondeu de novo:

— Miau?

O homem não parou de falar durante a descida deles pela colina, e Zeus se aconchegou no assento da frente do Jeep, satisfeito por ter mais uma vez provado por que ele era um excelente companheiro.

Em seguida, dormiu. Afinal, só dormira dez horas até então naquele dia. E ele precisava de quinze horas para a sua rotina de beleza.

33

COM A MINHA BOLSA DE PANO PENDURADA NO OMBRO PARO para ver Max.

Durante a nossa conversa, a expressão dele é de surpresa. Porém, depois, ele me dá um tapinha no ombro e me deseja boa sorte. O meu voo sai daqui a duas horas e, assim, não tenho muito tempo. Mas é aí que os meus truques e macetes terão que entrar em jogo.

Ou, na verdade, as minhas meras habilidades de "ir com o que você tem".

No Aeroporto Kennedy, passo pelo controle de segurança e então faço algo que não costumo fazer em aeroportos: compras. Entro em uma loja especializada e depois em uma loja de produtos *gourmets*. No avião, após afivelar o cinto de segurança, ligo para a minha irmã, e ela grita tão alto que preciso afastar o celular do ouvido.

Ao fim de um voo interminável atravessando o país, encerro a minha atividade comercial no Aeroporto de San Francisco; tenho de me contentar com uma foto, já que a loja está fechada. Pego um táxi para o apartamento de Mia no centro da cidade e espero que ela abra a porta. A minha bolsa pendurada no ombro traz dentro de si uma sacola plástica com todos os itens que comprei no caminho.

O nervosismo, a excitação, a adrenalina e as possibilidades tomam conta de mim. Não sei se estou totalmente preparado para o que vou fazer, mas a preparação não é o que importa.

Essa é uma decisão de impulso e, às vezes, as melhores coisas da vida acontecem dessa maneira.

Quando Mia atende a campainha, largo minha sacola, seguro o seu rosto e olho para aqueles olhos que adoro. Olhos de que senti falta. Lindos e imensos olhos castanho-claros.

— Vamos fazer uma escala no caminho para Nova York.

Intrigada, ela ergue uma sobrancelha.

— Uma escala? Onde?

— Las Vegas.

Surpresa, Mia dá uma piscada.

— Mas você não gosta de Las Vegas.

— Pois é. Acontece que não quero jogar nos caça-níqueis nem assistir a um show. Quero me casar com você. Quero que você entre no nosso apartamento em Nova York como minha mulher.

Boquiaberta, Mia engole em seco e tenta falar de novo.

Não a pressiono. Aguardo.

Finalmente, com a voz entrecortada, ela pergunta:

— Está falando sério?

— Acha mesmo que eu brincaria?

— Não. — Mia balança a cabeça para dar ênfase à negativa.

— Isso é um "não"? — brinco, e sinceramente não sinto medo. Eu sei lá no fundo, em todo o meu ser, que essa mulher será a minha esposa. Isso não me deixa arrogante. Nem presunçoso. Significa apenas que acredito no nosso amor. Acredito nisso tão sinceramente que nada temo.

— Não é um não. Só estou surpresa. Não esperava isso.

— Tudo bem. Eu também não. Porém, fui passear na mata com Zeus hoje de manhã e me dei conta de que era hora de ir com tudo. Tive uma epifania, pode-se dizer. Como o que aconteceu com você há um mês e meio em Nova York — digo, lembrando-a do dia em que Mia decidiu começar a mudar a sua vida. Um sorriso tímido aparece no rosto dela. — E tudo ficou claro. Às vezes, na vida, você simplesmente tem que ir atrás do que quer.

— Sim, é isso mesmo. — E as covinhas de Mia aparecem. Esse sorriso me faz ir em frente.

Ergo um dedo.

— Mas, só para você saber que não sou um idiota que a pediria em casamento de mãos vazias, fiz umas comprinhas.

Mia começa a rir. Não sei se de surpresa ou nervosismo. Ela ainda não disse "sim", mas isso não vai me impedir de mergulhar no meu pedido de casamento improvisado.

Enfio a mão na sacola e tiro um pequeno estojo azul. O olhar dela é atraído para ele, como se fosse um *laser*.

— Não é um anel. Quero que você tenha o anel que escolher. Mas a joalheria do aeroporto em Nova York tinha este lindo colar com um coelhinho.

Rindo, ela tapa a boca com a mão. E eu abro o estojo. Um pequeno pingente de prata em forma de coelho repousa sobre o veludo.

— Não posso te pedir em casamento sem algum tipo de joia. Então, pra você, Lebre, um coelhinho que me pareceu perfeito. E amanhã poderei levá-la às compras na Katherine, se você quiser.

Mia faz menção de falar, mas pressiono o meu dedo nos seus lábios.

— Não responda ainda.

Entrego-lhe o estojo; ela o agarra com força. Mia permanece em silêncio, mas sorri descontroladamente.

Esse sorriso é mágico para mim.

— E também tem isto. — Pesco o item que comprei na loja de produtos *gourmets*: um saco de amêndoas. — Afinal, sei que você vai ficar com fome, e quero que saiba que sempre estarei pensando em você.

— Vou ficar mesmo, e gosto que você pense no meu estômago e em mim.

O meu coração começa a dar cambalhotas.

— Uma última coisa. No dia em que fomos para Cold Spring, você falou de uma loja de ímãs no Aeroporto de San Francisco.

— Você lembra disso?! — Ela me encara, admirada.

— Quando a mulher que você ama te fala alguma coisa, você escuta. — Toco a lateral da cabeça com o indicador. — Você guarda aqui. Nunca se sabe quando a informação poderá ser útil. Agora, como são 10 da noite, a loja está fechada, mas você disse que nunca fez compras lá, só parou para ler as citações. E hoje à noite esta me fez lembrar de você. E, talvez, de você e de mim.

— Me mostra! — ela diz enquanto pego o meu celular. A sua voz é um sussurro agora, mas nela ouço esperança. Estou confiante que Mia quer as mesmas coisas que eu.

Deslizando o polegar pela tela, encontro a foto do ímã.

— Considere que não é uma citação de um grande filósofo. Não é de um dos escritores que estudei nas minhas aulas de literatura. De fato, nem sei se alguém sabe quem disse isso. Mas pareceu a citação mais apropriada de todas.

Mostro para ela a foto do ímã, cuja citação contém apenas quatro palavras simples:

Por que diabos não?

Mia solta uma gargalhada, e se arqueia para a frente com as mãos cobrindo a barriga de tanto rir.

— Ah, meu Deus! Sério que você está me pedindo em casamento com um colar com um coelhinho, algumas amêndoas e uma foto que diz "Por que diabos não?"!

Endireito os ombros e lhe dou uma resposta honesta:

— Sim, estou. Isso não é complicado. Isso é simples. Não preciso avaliar nada. Não há necessidade de uma lista de prós e contras. Casar-me com você só tem *prós*. Não tenho dúvidas. Não tenho perguntas. A minha única esperança é que você diga "sim". — Passo o polegar pelo queixo de Mia. Ela se inclina para mim, e eu sussurro: — Mas, se você não estiver pronta, saberei esperar. Vou esperar por você quanto tempo precisar.

Mia ergue a cabeça e olha nos meus olhos.

— Você esperaria por mim?

— Sim.

— Mesmo que eu não esteja pronta?

Minha resposta é verdadeira:

— Esperarei quanto for preciso.

— Então, digamos, um dia? — Mia mexe uma sobrancelha.

— Isso é um "sim"?! — Começo a rir feito louco.

Depois de guardar todos os presentes no apartamento, Mia passa os braços em torno do meu pescoço, põe-se na ponta dos pés e me beija delicadamente.

— É um "por que diabos não?".

E Mia me puxa para dentro, fecha a porta com o pé e me beija com vontade.

Eu a levanto, envolvo as suas pernas em torno de mim e a coloco com as costas apoiadas contra a parede.

Ela sorri, dá risadas, gargalha, me beija. Tudo é insanamente incrível.

— Sempre gostei de surpresas, mas esta é a melhor de todas. — E ela me beija ainda mais. — Nunca imaginei que a gente se casaria em Las Vegas.

— Como é que é? Isso significa que você imaginou a gente se casando?

Achando graça, Mia revira os olhos.

— É claro que imaginei a gente se casando!

Beijo o seu pescoço e a olho nos olhos.

— E o que você imaginou?

— Uma cerimônia em uma colina ao pôr do sol.

— Jura?

Mia assente.

— O resto era um borrão. A única parte que importava era que você e eu estávamos lá.

Mia e eu. É assim que se parece o resto da noite: um borrão dela e de mim.

34

MIA TEM RAZÃO. O QUE IMPORTA É SÓ O QUEM. MAS COR, LAPI-dação, brilho e quilates também são muito relevantes. Às vezes na vida você pode otimizar. Pode simplificar. Pode se apoiar em um macete.

Escolher um anel de noivado não é uma dessas ocasiões.

Como prometido, na manhã seguinte me preparo para levá-la à Katherine, na Union Square, mas primeiro temos de tratar de alguns detalhes.

Enquanto Mia toma banho, um homem barbado e corpulento bate à porta. Ele está ladeado por um cara ruivo com tatuagens no braço.

— Olá. Vocês estão aqui por causa do sofá e das outras coisas?

— Sim. Exército da Salvação.

Eu os deixo entrar e os ajudo a levantar e carregar o sofá até o furgão cheio de doações. O próximo item a ser levado é a mesa de Mia, junto com a mesa de centro. Além disso, ajudo-os a carregar caixas de livros, utensílios de cozinha e outros itens, que estão a caminho de uma segunda vida. Mia também já doou o seu carro para a Sociedade Protetora dos Animais.

Agradeço aos rapazes, dou-lhes uma gorjeta e subo para o apartamento cada vez mais vazio de Mia. Ela está no meio da pequena sala de estar, comendo as amêndoas e examinando o lugar onde viveu desde que deu início à Pure Beauty na sua cozinha com uma ideia, uma visão e um plano de negócios.

— Vai sentir saudade?

— Provavelmente — ela responde, com certa melancolia.

— Isso faz sentido. Seria estranho se não sentisse.

— Tenho tantas boas lembranças desta cidade... De toda esta costa. Mas também sei que estou indo para onde quero estar.

— E você não se importa em se desfazer de tantos pertences? — pergunto-lhe pela 12ª vez.

— Não tenho necessidade de dois sofás. Nem de duas camas. Tudo de que preciso é adicionar muitos travesseiros aos seus e pronto — ela diz, não pela primeira vez desde que discutimos essa ideia.

— Ótimo. Desde que você tenha certeza...

Mia me olha nos olhos através de todo o espaço do apartamento e bate o dedo no lábio.

— Vejamos. Em troca das coisas, recebo novos travesseiros e acesso a um irmão na cidade, a outro no prédio e ao mestre dos sanduíches na mesma casa. Sinto-me bem em dizer adeus a uma coisinha conhecida como sofá.

E Mia se aproxima de mim, põe o saco de amêndoas na bolsa e pressiona a mão no meu peito.

— Além disso, agora tenho 24 horas de acesso ao meu próprio homem das mudanças sempre que precisar que algo pesado seja erguido.

— De fato, essa é uma das vantagens de morar comigo. — Balanço a cabeça, achando graça do meu lapso. — Sinto muito, senhora Quase Milligan. Eu quis dizer que é uma das vantagens de estar casada comigo.

E uma hora depois eu a apresento a outra das vantagens.

A compra do anel.

Como a família de Spencer é dona da rede de joalherias Katherine, que tem lojas em todo o mundo, ele providenciou para que hoje a gerente em San Francisco nos ajudasse pessoalmente na escolha das joias — as alianças e o anel de noivado — e no seu ajuste.

Mia não tem pressa, e experimenta vários anéis.

E mostra todos eles para mim.

— Realmente não sei o que quero.

— Nada lhe ocorreu quando você ajudou Max e Chase na escolha deles para as garotas?

Mia faz um gesto negativo com a cabeça.

— Não, juro. Eu não estava pensando em nada além do que Henley e Josie iriam querer. O que é meio engraçado porque, sem dúvida, eu já era louca por você na ocasião em que ajudei Max a escolher o anel.

— E você nunca fantasiou sobre o que gostaria?

Ela se inclina e chega mais perto de mim.

— Todas as minhas fantasias com você eram da variedade quarto de dormir — ela sussurra.

A prestativa gerente morena traz mais anéis para Mia. Ela experimenta muitos e, quando desliza um anel de esmeralda no dedo, o meu celular vibra, trazendo uma mensagem de texto da minha irmã.

> **Evie:** Como está indo? Vocês estão comprando o anel? Ela já escolheu? Morrendo de vontade de saber. Morrendo.
> **Patrick:** Ela está experimentando a loja inteira. É adorável.
> **Evie:** Queria tanto estar aí...

Enfio o celular no bolso, e Mia me mostra outro solitário.

— O que você acha? — ela pergunta.

— Mia, acho todos lindos. Porque estão em você.

Ela semicerra os olhos e, depois, olha para a gerente.

— Ela também não ajuda — Mia brinca.

A mulher ri e ergue um dedo quando uma assistente corre até ela.

— Só um momento. — A gerente se afasta para conversar com a sua funcionária e, em seguida, retorna para nos dizer que tem mais um anel que acha que pode ser perfeito.

Alegremente, Mia encolhe os ombros.

— Eu adoraria vê-lo.

— Um momento. — A gerente se dirige ao outro lado do mostruário, fuça os diamantes reluzentes e volta após um minuto. — Acho que você pode gostar deste, srta. Summers.

No momento em que Mia desliza o anel no dedo, ela suspira.

— Acho que é este — sussurra com reverência. — Posso tirar uma foto e mandar para a sua irmã?

— Posso garantir que não há nada que Evie fosse gostar mais do que fazer parte disso.

— Ei! Ela já sabia que você ia me pedir em casamento?

Coço a orelha.

— Tenho o tímpano perfurado para provar isso...

Em seguida, relato para Mia a reação entusiasmada de Evie quando liguei ontem para ela no momento em que o avião taxiava para decolar.

Tiro uma foto e a envio para a minha irmã.

> **Patrick:** Mia adorou este anel. Ela quer saber se você aprova.

Olho para a minha futura esposa.

— Agora, vamos esperar.

Mas a resposta de Evie não demorou muito. Dez segundos depois, o meu celular apita.

> **Evie:** Presto reverência a esse anel vintage em estilo art déco de 2 quilates que escolhi para a sua noiva!!!

Dou risada e mostro a mensagem para Mia.

— Foi a sua irmã que escolheu?

— Evidentemente.

Mia se vira para a gerente com uma expressão interrogativa.

Os olhos da morena brilham.

— A minha assistente acabou de receber um telefonema de uma pessoa chamada Evie Milligan, recomendando que mostrássemos a você essa joia.

O sorriso de Mia é daqueles que vou me lembrar para sempre.

— As irmãs sempre sabem das coisas.

Em seguida, escolhemos duas alianças de platina e optamos por fazer uma inscrição nelas.

* * *

Na manhã seguinte, os homens da mudança chegam e empacotam os itens restantes de Mia. O chefe da equipe nos informa que as caixas devem chegar ao destino em Battery Park City em sete dias.

Pego as malas de Mia e a minha bolsa de pano. Mia tranca a porta atrás de si. Por um momento, ela simplesmente fica olhando para a porta. Em seguida, toma fôlego e se vira.

— Você está bem, querida?

— Muito bem.

— Tem certeza?

— Absoluta.

Mia deixa a chave com o zelador, manda um beijo para o prédio e entrelaça os dedos nos meus.

— Estou bem com tudo.

Passamos na joalheria para buscar as alianças e o anel de noivado, e em seguida pegamos um voo para Las Vegas.

35

— VOCÊ COMPROU UM TERNO PRA MIM?

— Sim. — Mia salta na ponta dos pés.

— Por que diabos você me compraria um terno?

Mia põe as mãos nos quadris e me olha irritada no nosso quarto no Luxe, um hotel administrado por um dos bons amigos de Evie.

— Patrick, você faz ideia de como fica bonito de terno?

— Por estranho que pareça, não. — Balanço a cabeça.

— Você fica incrível. Adoro vê-lo de terno, e você vai se casar comigo de terno. É assim que tem de ser.

— Mas vai servir?

Impaciente, Mia revira os olhos.

— Canguru, querer é poder. A mesma irmã que escolheu o meu anel foi ao seu apartamento e pegou as suas medidas para mim. Ela me ajudou a encontrar um alfaiate aqui em Las Vegas, e ele garantiu que serviria em você. Eu o mandei para o hotel, e o resto fica por conta da história do casamento rapidinho.

Assim, coloco o terno cinza-escuro que a minha noiva escolheu para mim, e ela veste um vestido branco na altura do joelho, simples e cintilante. O colar com o pingente de coelho está sobre a pele aveludada do seu pescoço. O anel de diamante brilha na sua mão.

Mia calça sapatos de salto baixo.

— Não ligo que sou 30 centímetros mais baixa que você. Não vou subir uma colina de salto alto.

E essa é outra razão pela qual amo essa mulher. Mia gosta de soluções simples.

Em instantes, embarcamos na limusine que nos pega no nosso hotel — faz parte do pacote de casamento que encomendei —, e o carro nos leva ao Red Rocks Canyon, no horizonte a oeste de Las Vegas.

Ali, caminhamos por uma trilha, emoldurada por penhascos e rochas vermelho-ferrugem, e encontramos Walker, o oficiante. Ele usa terno preto e camisa branca, e os seus óculos deslizam pelo nariz.

O sol paira baixo no céu, com os seus brilhantes raios cor de pêssego e cor de laranja sinalizando o vindouro pôr do sol.

Walker pigarreia.

— Estamos reunidos aqui hoje para unir Patrick e Mia no sagrado matrimônio.

Como esta é uma cerimônia simples, Walker passa direto para os votos:

— Você, Patrick, aceita Mia como sua esposa?

Olhando-a nos olhos, dou a resposta mais fácil da minha vida:

— Sim.

— Você promete amá-la, honrá-la, respeitá-la e protegê-la, deixando de lado todas as outras e se apegando apenas a ela?

— Sim.

Walker se volta para Mia.

— Você, Mia, aceita Patrick como seu marido?

Ela não contém o sorriso.

— Sim.

— Você promete amá-lo, honrá-lo, respeitá-lo e protegê-lo, deixando de lado todos os outros e se apegando apenas a ele?

— Sim.

E eu levito. Oficialmente, sou o homem mais feliz do mundo.

— Chegou o momento de vocês trocarem as alianças.

Do bolso do meu paletó tiro as alianças de platina de uma bolsinha de veludo e mostro a dela.

— Prometo amá-la, respeitá-la, segurar a sua mão nas varandas, cuidar de você toda vez que precisar de mim e apoiá-la de hoje em diante, até que a morte nos separe.

Os olhos de Mia se enchem de lágrimas, e eu deslizo a aliança no seu dedo.

Ela pega a minha aliança.

— Prometo amá-lo, respeitá-lo, segurar a sua mão nas pontes, cuidar de você toda vez que precisar de mim e apoiá-lo de hoje em diante, até que a morte nos separe. — Ela coloca a aliança no meu anular.

— Você pode beijar a noiva.

E assim faço, beijando os belos lábios dela, apreciando o seu gosto, amando tudo. Enquanto isso, o sol se põe sobre os penhascos, e esta mulher agora é minha esposa.

Mais tarde naquela noite, faço amor com ela, e isso fica muito melhor a cada momento.

Quando ela se aconchega junto a mim na nossa primeira noite como marido e mulher, seguro a sua mão e dou um beijo na aliança.

— Adoro as nossas alianças — ela diz.

— O melhor é o que está gravado.

Mia ri e beija o meu nariz.

— Essa é a melhor partes destas alianças.

Afinal, diz o que sempre foi verdade.

O gato soube primeiro.

EPÍLOGO

Alguns meses depois

— E ENTÃO VOCÊ PRECISA TRAZER CAVIAR PARA O GATO.

Camilla ri da minha dica final e brinca:

— Do que qualquer felino que acampa em grande estilo precisa além de caviar?

Zeus estende uma pata na minha perna e ergue a cabeça para a âncora do canal 10. Ele se tornou frequentador assíduo do quadro *Dicas e truques para aproveitar atividades ao ar livre*. Acontece que quando você é um gato que faz caminhadas, você é muito requisitado. A primeira aparição dele no quadro proporcionou uma das maiores audiências da emissora. Assim, perguntaram se eu não poderia trazê-lo mais vezes.

De bom grado.

Zeus é um gatinho tranquilo e, se ele ajudar mais pessoas e animais de estimação a apreciar o mundo ao redor deles, serei uma campista feliz.

E Camilla diz que ela será uma feliz campista em grande estilo se seguir as minhas dicas.

— Sei que você vai se divertir muito, Camilla.

— Depois eu conto aos telespectadores se a minha chapinha de cabelo funciona no mato. — E, em seguida, ela se vira para a câmera. — E isso é tudo por hoje. Na semana que vem, não percam outra atração apresentada pelo nosso especialista em atividades ao ar livre e o seu gato, Zeus.

Camilla me agradece de novo, aperta a minha mão e diz que nos veremos na próxima semana.

Coloco Zeus na mochila e vou para casa.

Para ver a minha mulher.

É manhã ainda quando chego em casa; assim, encontro Mia, que acabou de tomar banho, passando loção de coco nas suas pernas bem torneadas.

— Ah, exatamente como imaginei... — Dou um beijo no seu rosto.

Mia veste a saia e fecha o zíper, e atira em mim a sua toalha molhada.

— E agora, para a minha fantasia.

— Lavanderia... — digo em um tom deliberadamente rouco, e jogo a toalha no cesto das roupas sujas que vou enviar hoje, mais tarde.

— Você me deixa tão excitada quando fala de tarefas domésticas... Fale-me mais sobre aquelas que tem pela frente.

Passo os braços em torno da sua cintura e a beijo na nuca.

— Vou fazer um pedido para o supermercado... — afirmo, sedutor.

— Ah, sim — ela sussurra.

— ...e pagar a conta de luz.

Mia grita, como se estivesse sentindo prazer.

— Até vou buscar o presente para o casamento de Max.

Mia sorri, desliza nos meus braços e me encara.

— Canguru bobo, eu já fiz isso.

— Não tenho dúvida de que você fez.

Então, Mia escapa do meu abraço, veste uma blusa e seca o cabelo. Ao terminar, ela me diz que está indo para o escritório.

— Idem. — Então, dou um raspão de despedida no focinho de Zeus, e saímos juntos.

Mia vai para o escritório da Pure Beauty, e eu vou me encontrar com Dana para revisar as nossas próximas viagens. Dana cuida das excursões regulares da Pure Beauty agora, e isso funciona muito bem. De fato, tudo tem funcionado muito bem.

É claro que Mia e eu discutimos de vez em quando. Como na semana passada, quando ela quis me chupar antes de eu chupá-la. Coisinha insistente. Ela tinha certeza de que ia ganhar.

Mas não ganhou.

Consigo ser bastante convincente com a minha língua.

Teve uma outra ocasião em que não nos entendemos, mas a razão estava do lado de Mia. Acontece que morangos frescos e champanhe eram um presente melhor para a festa de noivado da minha irmã do que a minha ideia de dar uma mochila aos noivos. Em minha defesa, a minha irmã não tinha uma mochila, e ainda não entendo como alguém pode viver sem uma.

Em todo caso, deixei Mia escolher um presente para o casamento do irmão dela. Ademais, fui o destinatário do maior presente de todos. Não apenas Mia, obviamente. Mas o presente de provocar Max sem tréguas acerca do fato de que eu o venci no jogo do casamento. Ele foi o último da nossa turma a juntar os trapos, ainda que tivesse ficado noivo bem antes de eu começar a sair com a sua irmã.

Mas tudo bem, cada homem segue o seu próprio ritmo.

Só que alguns vão um pouco mais rápido do que outros quando se apaixonam.

Esse é evidentemente o tipo de cara que eu sou.

* * *

Na noite seguinte, com Henley e Max trocando os seus votos, Mia é uma dama de honra radiante parada diante de mim, na frente do salão de baile do Plaza Hotel.

O local foi escolha de Henley. Ela disse que a sua criança interior precisava de nada menos do que um casamento completo no Plaza. E é o que ela está tendo.

Chase e Josie também fazem parte da festa de casamento, enquanto Spencer, Nick e Wyatt estão nas primeiras filas com as suas mulheres e os seus filhos. O adorável filhinho de Spencer e Charlotte está sentado no colo da mãe, com o seu cabelo loiro que combina com o dela. O menino de Nick se vira nos braços do pai para fitá-lo com os seus olhos azuis da mesma cor dos de Harper. A filha pequena de Wyatt segura a mão dele.

Por um instante me pergunto quando Chase e Josie seguirão esse caminho, mas há muito tempo para isso.

Quando o oficiante diz que Max pode beijar a noiva, Henley salta nos braços dele e o sufoca com beijos.

Gostei da ideia. Assim, quando os noivos estão atravessando o corredor, dou um beijo na minha mulher.

Mia sorri e suspira de alegria.

— Todos estão casados agora. Isso significa que todos nós também precisamos engravidar em breve?

Por um momento, fico tenso.

— Esse é o seu jeito de me dizer que está grávida?

Mia dá risada e balança a cabeça.

— Não. Mas o pavor nos seus olhos é tudo de que preciso pra continuar tomando pílula.

Agarro a mão de Mia com mais força, puxando-a para mais perto.

— Não estou apavorado. Você só me pegou desprevenido. Quer ter filhos em breve?

— Talvez não hoje, talvez não amanhã, mas um dia desses. Um dia desses é em breve.

— Isso também parece bom pra mim.

Em seguida, nós nos juntamos aos nossos amigos e familiares. Mais tarde nesta noite, quando danço com Mia, lembro-me da última vez em que dancei com ela em um casamento, quando estava disposto a voar para o outro lado do país para um namoro a longa distância. Agora, alguns meses depois, Mia está aqui comigo todas as noites.

Acaricio uma mecha do seu cabelo.

— Às vezes, acho que esta vida que nós temos é tudo o que imaginei. Mas então percebo que é ainda melhor do que eu poderia ter imaginado.

— Eu também.

OUTRO EPÍLOGO

Um pouco depois disso

A ESTA ALTURA, A MAIORIA DAS MULHERES JÁ CONHECEU homens suficientes que nunca querem sossegar o facho. Acho que tudo bem. Há um tempo e um lugar para todos.

Quanto a mim, eu soube o queria desde o momento em que conheci Mia. Eu a queria, e por mais de uma noite.

No entanto, nem sempre a gente consegue o que quer só porque está pronto para isso. Ainda que eu goste de achar que sou maleável, descontraído — droga, até *normal* —, descobri que tinha a minha própria bagagem.

Tive de abrir mão do que achei que precisava — proximidade — antes de consegui-la.

Era preciso estar disposto a pegar o que eu poderia conseguir. Ao me apaixonar por Mia, o problema que tive de resolver foi descobrir que ela valia a distância, valia os milhares de quilômetros, valia a espera.

Agora tenho tudo o que poderia ter imaginado e mais um pouco. Às vezes, a gente só tem de dizer *por que diabos não?* e correr atrás da vida que quer levar.

Isso é o que eu tenho agora. Um trabalho incrível, amigos fantásticos, uma família saudável, um gato que não é igual a nenhum outro gato, e uma mulher com quem armei minha barraca.

Por falar em barracas, cumpri a minha promessa de introduzir Mia nas verdadeiras alegrias de acampar. Passamos muitas noites sob a Via Láctea, e faço questão de que ela sempre veja estrelas.

Se é que você me entende.

Afinal, nós dois gostamos muito de acampar... ao nosso *estilo*.

E MAIS UM EPÍLOGO

Em breve

Conversas com Zeus, o gato

ELE CAMINHOU EM DIREÇÃO AO BANHEIRO COM OS PÉS MAIS silenciosos da casa. A mulher entrou ali no momento em que acordou, pulando da cama.

Ela nunca o deixou na mão de manhã. Talvez precisasse afagar o pelo macio dele para se sentir melhor com o que a estava deixando nervosa. Ele sentia o nervosismo dela. Ele era muito talentoso.

Agora, enquanto o homem dormia profundamente, Zeus bateu o flanco contra a porta entreaberta, abrindo-a.

A mulher, sentada no vaso sanitário, segurava um teste de gravidez. Ele inclinou a cabeça para o lado, observando-a. Ela esticou o braço para fechar a porta.

— Psiu. Não quero que ele saiba que estou fazendo isto.

Zeus acomodou o seu traseiro sobre o ladrilho e olhou para ela, que encarava o bastão de plástico.

Tique... taque.

Ela pôs o teste de gravidez na pia e ficou vermelha. Observou o bastão mais um pouco enquanto lavava as mãos.

Zeus não tirou os olhos dela em nenhum momento.

Por fim, ela olhou de novo para o teste de gravidez e suspirou.

Ela se abaixou na direção dele, pegou-o nos braços e pressionou os lábios no seu focinho úmido.

— Você vai ser o irmão mais velho.

Em seguida, ela o colocou no chão e saiu às pressas do banheiro, agitando o teste de gravidez e acordando o homem, que irrompeu em um tipo de alegria que Zeus só conseguia sentir ao ganhar uma lata de atum.

O que quer que estivesse empolgando o homem e a mulher, Zeus sentiu grande satisfação com o fato de ter sabido primeiro.

AGRADECIMENTOS

Agradeço a Helen Williams. A KP Simmon, pela estratégia e pelo apoio em tudo. A Kelley, Candi e Keyanna, pelo trabalho diário, que é tão fundamental. A Michelle, por TODOS OS LIVROS.

Do lado editorial, tenho a sorte de poder contar com a ajuda de Lauren Clarke, Kim Bias, Dena Marie e Jen McCoy na elaboração da história, e de Virginia, Tiffany, Karen, Marion e Janice pelos seus olhares aguçados. Um grande grito para Jen, que tem sido a minha caixa de ressonância em todos os seis livros!

Como sempre, sou grata a muitas colegas autoras pelas suas orientações, pelo seu apoio e amizade diária, incluindo Lili Valente, CD Reiss, Laurelin Paige, K. Bromberg e Marie Force. O meu muito obrigada à minha família, por me aturar. Muitos beijos a todos os meus cães.

Acima de tudo, agradeço diariamente por todos os meus leitores. Vocês são a minha felicidade!

COMO ENTRAR EM CONTATO COMIGO

Adoro ouvir os comentários dos leitores! Você pode me encontrar no Twitter como LaurenBlakely3; no Facebook, em LaurenBlakelyBooks; ou no meu site, www.laurenblakely.com. Você também pode me enviar um e-mail: laurenblakelybooks@gmail.com.

ASSINE NOSSA NEWSLETTER E RECEBA INFORMAÇÕES DE TODOS OS LANÇAMENTOS

www.faroeditorial.com.br